世界少年经典文学丛书

# 白雪皇后

［丹］安徒生　著

李　虹　编译



中国出版集团　现代出版社

**图书在版编目(CIP)数据**

白雪皇后 / (丹) 安徒生 (Andersen, H. C.) 著；李虹编译. —北京：现代出版社，2013.2

ISBN 978-7-5143-1263-8

Ⅰ. ①白… Ⅱ. ①安… ②李… Ⅲ. ①童话-丹麦-近代-缩写 Ⅳ. ①I534.88

中国版本图书馆 CIP 数据核字（2013）第 021524 号

---

**作　　者** 安徒生
**责任编辑** 李　鹏
**出版发行** 现代出版社
**通讯地址** 北京市安定门外安华里 504 号
**邮政编码** 100011
**电　　话** 010-64267325　64245264(传真)
**网　　址** www.xdcbs.com
**电子邮箱** xiandai@cnpitc.com.cn
**印　　刷** 三河市嵩川印刷有限公司
**开　　本** 700mm×1000mm　1/16
**印　　张** 9
**版　　次** 2013 年 2 月第 1 版　2021 年 8 月第 3 次印刷
**书　　号** ISBN 978-7-5143-1263-8
**定　　价** 29.80 元

---

# 序 言

孩子是未来的希望，是父母心中的天使，是充满快乐的精灵。小学阶段更是孩子最快乐的时光，是孩子成长发育的黄金阶段。为了让孩子学习更多的课外知识，享受更加丰富的学习乐趣，我们策划了本丛书！

从小让孩子多读课外书，对培养孩子健康的心态和正确的人生观无疑将起着非常重要的作用。自《语文课程标准》公布以来，不少富有敬业精神、有才干的教师，在他们的教学中，担当起阅读教育的重担。他们在严谨的选材中，利用丰富的文学资源，向学生推荐了大量优秀的课外读物，实施了以“练成阅读和作文的熟练技能”为重要内容的阅读教育。大千世界充满了丰富的知识。阅读能丰富小学生的语文知识，增强阅读能力，提高写作水平，开阔视野，增长智慧。阅读本丛书，能够使孩子享受到阅读的快乐，激发起更浓厚的阅读兴趣，孩子的生活将充满新的活力与幸福！本丛书精选了世界名著和中国经典书目中流传最广、影响最大、最脍炙人口的作品，是培养小学生理解能力、记忆能力、创造能力的最佳课外读物。

最后需要指出的是，本丛书把世界上流传甚广的经典童话、寓言等也尽收其中，并将这些文学作品重新编写审订，使作品在不影响原著的基础上更适合少年儿童阅读，在丰富他们课余生活的同时提高语言和文字表达能力。本丛书通过科学简明的体例、丰富精美的图片等有机结合，使小读者不仅能直观地领略作品的精髓，而且还能获得更为广阔的文化视野和愉快体验。希望本丛书能成为孩子生活的一缕阳光照亮孩子前进的道路，能成为一丝雨露滋润孩子纯净的心灵。

编　者

# 目　录

# 海的女儿

在大海的远处，水是那么的湛蓝，就像最美丽的矢车菊花瓣，同时又是那么清澈，就像世上最明亮的玻璃。然而，它又是深不见底的，深得任何锚链都达不到底。要想从海底下一直回到水面，必须有无数的教堂尖塔一个接着一个地连起来才行。海底的人就住在大海的下面。

然而，你们千万不要以为那儿只是一片铺满了白沙的海底。不是的，那儿生长着最珍奇的树木和植物。它们的枝叶是那么的柔软，只要水轻微地流动一下，它们就会摇动起来，好像是活的。所有的大小鱼儿在这些枝叶中间游来游去，像是天空的鸟儿。海里最深的地方是海皇的宫殿所在处。宫殿的墙是用珊瑚砌成的，它那些尖顶的高大窗子是用最漂亮的琥珀做成的，不过屋顶上却铺着黑色的蚌壳，它们随着水体的流动可以自由地开合。这太好看了，因为每个蚌壳里都含有一颗亮晶晶的珍珠，无论哪一颗珍珠都可成为皇后帽子上最主要的装饰品。

生活在海底的海皇已经做了许多年的鳏夫了，但所幸的是他还有老母亲为他料理家务。她是一位聪明的女人，可是对于自己高贵的出身总感到不可一世，因此她的尾巴上总戴着一打牡蛎，而其余的达官显贵也只能每人戴上半打。除此以外，她是很值得大加称赞的，特别是因为她非常爱她那些小公主们——她的一群孙女。她们是六个美丽的小女孩，而在她们之中，最小的那个最美丽。她的皮肤既光滑又白嫩，就像玫瑰的花瓣，她的眼睛是蔚蓝色的，就像深幽的湖水。不过，和其他的小公主一样，她没有腿，她的下身是一条鱼尾。

她们可以把相当漫长的日子耗在皇宫里和墙上长有鲜花的厅堂里。那些琥珀镶嵌的大窗子是开着的，鱼儿向她们游来，正像我们打开窗子时，燕子会飞进来一样。鱼儿一直游向这些小公主们，在她们的手里找东西吃，撒娇地让她们来抚摸自己。

宫殿外面有一个硕大的花园，里边生长着许多火红和深蓝色的树木，树上的果实亮得像黄金一般，花朵开得像燃烧着的火焰，花枝和叶子在不停地摇动着。地上全是细细的沙子，蓝得像硫黄发出的光焰。在那儿，到处都闪动着一种奇异和蓝色的光。你仿佛以为你是在高高的空中而不是在海底，你的头上和脚下全是一片蓝天。当海非常沉静的时候，你还可以看到太阳，它像一朵紫色的花朵，从它的花萼里放射出色彩斑斓的光。

在花园里，每一位小公主都有属于自己的一小块地方，在那里她们可以随意栽种点什么。有的把自己的花坛布置得像一条鲸鱼，有的喜欢把自己的花坛布置得像一个小人鱼。可是最小的那个小公主却把自己的花坛布置得圆圆的，就像一轮太阳，而且她也只喜欢种像太阳一样红彤彤的花朵。她是一个古怪的小女孩儿，不大爱说话，总是静静的思考。当其他的姊妹们用从沉船里找到的最惊奇的东西来装饰她们的花园时，她的花园里除了像太阳一样火红火红的花朵以外，她只愿意有一座美丽的大理石像。这座石像代表着一个美丽的男子，它是用一块洁白如玉的石头雕出来的，是和一条遇险的船一同沉入海底的。她在这雕像旁边种了一株像玫瑰花样红彤彤的柳树。这树长得非常的茂盛。它鲜嫩的枝叶垂向这个石像，一直垂到那蓝色的沙底。它的倒影带有一种紫蓝的色调，像它的枝条一样，这影子也从来不是静止不动的，树根和树顶看起来好像每分每秒都在做着互相亲吻的游戏。

她最大的快乐是听些关于人类世界的动听的故事。她的老祖母不得不把自己所知道的一切有关船只、城市、人类和动物的知识讲给她听。特别使她感到激动的一件事情是：地上的花儿都能散发出扑鼻的香气来，而海底里的花儿却不能，地上的森林是绿色的，而且人们所看到的在树枝间游来游去的鱼儿还会唱得那么清脆悠扬，令人陶醉。老祖母所说的“鱼儿”其实就是小鸟，假如她不这样讲的话，小公主就听不懂她的故事了，因为在她有生以来她还从来没有看到过一只小鸟呢。

“等你到了十五岁时，”老祖母说，“我就同意你自己浮到海面上去看看。那时你就可以坐在月光下的石头上，看巨大的船只在你身边驶过，你也可以看到树林和城市。”

在这快要到来的一年里，这些姊妹中有一位正好到了十五岁，而其他的呢——，她们一个比一个都小了一岁。就是说最小的那位小公主还要足足等上五个年头才能从海底浮上来看看我们这个世界。不过每个人都答应下一个说，她要把她第一天所看到和发现的所有美好的东西都讲给大家听，因为她们的老祖母所讲的确实是太少了啊——而她们想了解的东西又太多了啊！

她们中谁也没有像最小的那个妹妹那样渴望快快长大，而她却要等待得最久，但她是那么的沉默寡言和富于想象力啊。不知有多少个夜晚她独自一人站在敞开着的窗子旁边，透过深蓝色的海水向大海上面凝望着，呆呆地看着鱼儿挥动着它们的尾巴和鱼鳍。她还看到了月亮和星星，当然，它们发射出的光有些暗淡，但是透过水面，它们看起来要比在我们一般人眼里大得多。如果有一块类似黑云的东西在它们下面浮过去的话，她便知道这不是一条鲸鱼在她上面游动，而是一条装载着很多旅客的商船在行进着。可是这些旅客们想象不到，他们下面会有这么一位美丽可爱的人鱼小姐，在朝着他们船的龙骨伸出她那一双洁白的小手。

现在最大的那个公主已经到了十五岁了，可以到水面上去了。

当她回来的时候，她有数不尽的事情要说。不过她说，最美好的事情是当海上风平浪静的时候，在月光底下一个人躺在沙滩上面，紧贴着海岸凝视那大城市里闪亮着像无数星星似的灯光，静静地听着音乐、闹声以及马车和人的嘈杂声，观看教堂的圆塔、尖塔和倾听叮当的钟声。正因为她不能到那儿去，所以她也就最渴望得到这些东西了。

啊，最小的那个妹妹听得多么入神啊！当她晚上独自站在打开的窗子旁边，透过深蓝色的海水朝上面望去的时候，她就回想起了那美轮美奂的大都市和那里面熙熙攘攘的悦耳声音，她似乎能听到教堂里的钟声在向她这里飘来。

第二年，第二个姐姐也得到了许可，可以浮出水面了，可以随意的向任何地方游去。她跳出水面的时候，太阳刚刚落下，她觉得这景象真是美极了。她说，这时整个的天空看起来就像一块金子，而云块呢——，她真无法把它们的美完全形容出来！它们在她头上掠过，一忽儿红，一忽儿紫的。不过，比它们飞得还要快的，像一片又白又长的面纱，是一群轻轻掠过水面的野天鹅。它们是飞向太阳的，她也向太阳游去。可是太阳终于落下了，留下了一片玫瑰色的晚霞，慢慢地在海面上和云块间消逝了。

又过了一年，第三个姐姐也浮上去了。她是她们之中最大胆的一个，因为她游到一条流进大海里的大河中去了。她看到一些美丽的山峰，上面种满了一行行的诱人的葡萄。宫殿和庄园在郁郁葱葱的树林里若隐若现，她听到各种鸟儿在纵情的欢唱，太阳照在身上很暖和，她有时不得不沉入水里，好使自己灼热的面庞能够得到一丝清凉。在一个小河湾处她碰到了一群小男孩子。他们光着身子，在水里游来游去。她倒很想和他们玩一会儿，可是他们被吓了一跳，逃掉了。于是一个小小的黑糊糊的小动物走了过来——这是一条小狗，是她从来没有看到过的东西。它对她汪汪地叫了起来，她也害怕起来，赶快逃到了大海里。可是她永远也忘不了那茂密的森林，那翠绿的山峦，那些能够在水里游泳的可爱的小宝宝，虽然他们都没有像鱼一样的尾巴。

第四个姐姐胆子倒挺小的。她只停留在了荒凉的大海上面。她说，最美的事情就是停留在海上，因为你可以从这儿向四周很遥远的地方深深望去，同时蓝天悬在头上面就像一个巨大的玻璃钟。她看到了船只，不过这些船儿离她很远，看起来就像一只海鸥。她看到过快乐的海豚在水中翻着筋斗，庞大的鲸鱼从鼻孔里喷出水来，好像有无数的喷泉围绕在它们周围一样。

现在该到第五个姐姐了。她的生日恰恰是在冬天，所以她能够看到其他的姐姐们在第一次浮出海面时所没有看到过的奇特景象。大海被染上了一片绿色，巨大的冰山在她四周移动。她说每一座冰山看起来就像一颗珠子，然而比人类建造的教堂塔还要大得多。它们以种种奇形怪状的形式出现，它们像钻石似的放射出光芒。她曾经在一个最大的冰山上坐下来过，让海风吹着她细长的头发，所有的船只，都绕过了她坐着的那块地方，惊慌地远远离开了。不过在黄昏时分，天上忽然飘来了一片乌云，电闪雷鸣的。黑色的巨浪掀起大块大块的冰，使它们在雷电中闪闪放光，形成了一种惊恐和恐怖的气氛，所有的船只都收了帆，但是她却安静地坐在那漂浮的冰山上，望着那深蓝色的闪电，弯弯曲曲地射向了反光的海里。

这些姊妹们中无论是哪一位，只要是第一次到海面上去，总是兴高采烈地观看着周围这些新鲜和美丽的一切。可现在呢，她们已经是大女孩了，可以随便去她们喜欢去的任何地方，所以这些东西就再也引不起她们的兴趣了。她们倒渴望回到家里。一个月后，她们就说："还是住在海里好啊——家里是多么舒服啊!"

黄昏的时候，这五个姊妹常常手挽着手浮上海面来，在水面上排成整齐的一行。她们能唱出悦耳的歌声——比任何人类的声音还要动听。当暴风雨快要袭来时，她们感到有些船只要出事时，她们就游动到这些船的面前，唱起优美悦耳的歌声来，并说海底下是多么的美，同时告诉这些惊恐的水手不要害怕沉到海底下，然而这些水手却根本听不懂她们的歌。他们以为这是飓风的声音。他们也不可能想到他们会在海底看到什么美好的东西，因为如果船沉了，上面的人都会淹死。他们只有成为死人，才能到达海皇的海底宫殿。

有一天晚上，当姊妹们手挽着手浮出海面时，最小的那个妹妹一个人单独地留在了家里，满眼沮丧地看着她们。看样子她好像是要大哭一场，不过美人鱼是没有眼泪的，所以她就更感到难受了。

"啊，我多么希望我已经十五岁啊!"她说。"我知道我将会喜欢上那个世界的，喜欢住在那个人间世界里的。"

时光如梭，她真的到了十五岁了。

"你晓得，你现在可以离开我们了，"她的老祖母说，"来吧，让我把你打扮得像你的那些姐姐们一样美丽动人吧。"

于是她在这个小姑娘的头发上戴了一个百合花编的小花环，不过这个花的每一个花瓣都是半颗珍珠做的。老祖母又叫来八个大牡蛎紧紧地附贴在小公主的尾巴上，来表示她成熟高贵的气质和地位。

"这让我真难受啊!"小美人鱼说。

"当然喽，为了美丽，每个人是应该吃点苦头的，"老祖母说。

哎，小美人鱼倒真想摆脱这些无用的奢华装饰品，把这些烦琐的花环扔在一边！她花园里的那些红花，她戴在身上要适合得多，但是她还不敢这样做。"再会吧!"她说。于是她轻盈优美的像一个大水泡，冒出了水面。

当她把头伸出海面时，太阳已经落山了，可是所有的云朵都还是像玫瑰花和金子般放着光，同时，在这淡红的天空中，星星已经在美丽、光洁地眨着眼睛呢。空气是温和新鲜的。大海还是那么的平静，这儿停靠着一艘有三根桅杆的大船。船上挂了一张帆，因为没有一丝风的吹动，水手们正坐在护桅索的周围和帆桁上面。

这儿有音乐，还有歌声。当黄昏逐渐变得阴暗的时候，各色各样的灯笼就一齐亮起来了。它们看起来好似飘在空中的世界各国的旗帜。小美人鱼一直向船窗那儿游去。每次当巨浪把她托起来时，她可以透过像镜子一样的玻璃窗，望见里面站着好多身着华丽服装的男子，但他们中间最帅气的是那位有着一双大眼睛的王子，肯定的是，他的年纪还不足十六岁。今天是他的生日，因为这个缘故，今天才这样热闹。

水手们在甲板上跳着舞蹈。当王子走出来的时候，有一百多发准备好的火箭一齐向天空射出。天空被照得如同白昼，因此小美人鱼也害怕起来，赶快沉到水底躲了起来。可是不一会儿，她又把头伸出来了，这时她觉得仿佛满天的星星都在向她下落，她从来没有看到过如此缤纷多彩的焰火。巨大的太阳在周围发出嘘嘘的声响，光彩夺目的大鱼向蓝天中飞跃着。这一切都映到了这清澈、平静的海面上。船的全身都被照得光亮无比，连根根细小的绳子都可以数得出来，船上的人当然可以看得更清楚了。啊，这位年轻的王子是多么英俊啊！当美妙的音乐在这光辉灿烂的夜里慢慢消逝的时候，他跟水手们相互握着手，微笑着……

夜已经很深了，但是小美人鱼没有办法把她的眼睛从这艘大船和那位英俊的王子身上移开。那些五颜六色的灯笼熄灭了，火箭不再向空中发射了，炮声停止了。但是在大海的深处响起了一阵嗡嗡隆隆的声音。她坐在水面上，一起一伏地漂动着，所以她能看到船舱里的实际情景。可是大船加快了速度：它的帆都先后涨起来了。浪涛不知不觉猛烈起来了，黑黑的乌云浮动起来了，远处开始电闪雷鸣起来了。啊，可怕的风暴就要来了！水手们因此都收下了帆。这条巨大的船在这暴虐的大海上摇摇摆摆地向前急驶着。浪潮像庞大的黑色山峦高涨，它想要折断桅杆，可是这条船就像一只天鹅，一会儿投进波涛里，一会儿又在高大的浪头上抬起头来。

小美人鱼觉得这是一种很饶有兴趣的航行，可是水手们的看法却与她大不相同。这艘大船现在开始发出碎裂的可怕声了，它粗厚的板壁被袭来的大浪打弯了。船桅杆像芦苇似的在半腰中间折断了。后来船开始倾斜了，水向舱内冲了进来，这时小美人鱼才知道他们遭遇到了危险，她自己也不得不当心漂流在水面上的船梁和它的残骸了。

天空马上变得一片漆黑，伸手不见五指。不过当闪电消失的时候，天空又重新明亮了起来，使她可以看得见船上的每一个人。现在船上的每一个人都在尽量为自己寻找生路。她特别注意到了那位王子。当这艘大船裂开、向海的深处下沉时，她看到了他。她马上变得非常兴奋起来，因为可爱的王子现在要落到她这儿来了，可是她又想起了人类是不能生活在水里的，他除非成了死人，否则是不能进入她父亲的宫殿的。

不行，绝不能让他就这样死了！所以她勇敢地向那些漂着的船梁和木板之间游过去，根本没有想到个人的安危。她深深地沉入水下，接着又在海浪中高高地浮起，最后她好不容易才到达了王子的身旁，在这狂怒的大海里，英俊的王子根本就没有力量漂浮起来。他的手臂和腿开始不由自主地抽筋了。他俊朗的大眼睛已经闭上了。要不是小美人鱼及时赶到，他一定会被淹死的。她把他的头托带出水面，让海浪载着她俩一起随意漂流到什么地方去吧。

天明时分，风暴过去了。那条大船连一块碎片也没有留下。鲜红的太阳重新又升起来了，在水面上发出万道光芒。太阳好像在这位王子的脸上注入了生命，不过他的大眼睛仍然是闭着的。小美人鱼吻了他那清秀的额头一下，把他湿透了的长发理到他的脑后。小美人鱼觉得他的长相很像她在海底小花园里的那尊大理石像。她又深深地吻了他一下，希望他能快点苏醒过来。

这时她看到了展现在她面前的一片陆地和一群蔚蓝色的高山，山顶上皑皑的白雪看起来就像睡着了的天鹅。沿着海岸是一片郁郁葱葱的绿色森林，林子前面有一座教堂或是修道院模样的建筑物，她不知道究竟该叫什么，反正就是一个很漂亮的建筑物罢了。它的花园里长着一些柠檬和橘子树，门前矗立着高高的棕榈树。大海在这儿形成一个小水湾。水是非常平静安宁的，但从这儿一直到积有许多细沙的石崖，却是很深的。小美人鱼托着这位英俊的王子向那儿游去。把他放在了沙滩上，非常细致地把他的头高高地搁在温暖的阳光里。

悠扬的钟声从那幢雄伟的白色建筑物里响了起来，有许多年轻的女孩子穿过花园走了出来。小美人鱼远远地向大海里游去，躲在海面上的几座大石头后面。她用许多海水的泡沫隐藏住了自己，以使谁都不能发现自己。她在这儿窥探着，看看有谁会来到这位可怜的王子身边救他。

不一会儿，一个年轻貌美的女子走了过来。她感到非常吃惊，不过，过了一会儿，她找来了许多人。小美人鱼看到王子渐渐地苏醒了过来，并且向周围救助他的人发出淡淡的微笑。可是他却没有对小美人鱼做出任何的表情，因为，他一点也不知道真正救他的人是小美人鱼。小美人鱼感到非常难过。所以当他被抬进那幢高大的房子里去时，她悲伤地跳进海里，回到了她父亲的宫殿中去了。

她一直就是一个沉静和爱思考的女孩子，现在她变得更加如此了。她的姐姐们都问她第一次浮到海面上去究竟都看到些什么，但她什么也说不出来，也根本不想说什么。

有好多个早晨和晚上，她浮出水面，向她曾经放下王子的那个地方游去。她看到那花园里的果子熟了，被摘了下来；她看到高山顶上的雪融化了；但是她没有看见那个王子。所以她每次回到家中，总是感到非常痛苦。她唯一的安慰就是坐在她的小花园里，用双手抱着和那位王子很相似的美丽大理石像。可是她再也没心思照料她的花儿了。这些花儿好像是生长在荒野上一样，铺得满地都是，它们的长梗、叶子和树枝都交叉在了一起，使这个地方显得格外阴暗。

最后，她再也忍不住了。不过如果她把心事告诉给其中一个姐姐，立刻其余的人也就会知道这件事。但除了她们和别的一两个美人鱼之外（她只把这个秘密告诉给了自己几个知心的朋友），别的人都不知道。她们之中有一位了解那个王子是什么样的人。她也看到过那次在船上举行的盛大庆祝。她知道这位王子是从什么地方来的，也知道他的王国在什么地方。

“来吧，小妹妹！”别的美人鱼们说。她们彼此把手搭在肩上，一长排地浮到了海面，一直游到一处她们认为是王子宫殿的地方。

这个宫殿是用一种发光的淡黄色石块建成的，里面有许多宽大的大理石台阶，有一个台阶还一直延伸到海里。华丽、金色的圆塔从屋顶上伸展向空中。围绕着这整个建筑物的圆柱中间，矗立着许多大理石塑像。它们看起来就像是活人一样。透过那些高大而又明亮的玻璃窗子，人们可以看到许多富丽堂皇的大厅，里面悬挂着昂贵的丝窗帘和织锦，墙上装饰着大幅的壁画，即使只欣赏一下也是一件非常令人愉快的事情。在最大的一个厅堂中央，有一个巨大的喷泉在喷水。水柱一直向上面的玻璃圆屋顶方向射去，而太阳又透过这个玻璃射下来，照到水面上，照在生长在这个大水池里的植物上。

现在她知道王子住在什么地方了。在这儿的水面上她度过好几个不眠之夜。最后她远远地向陆地游去，比任何别的姐姐去的地方还远。她甚至游到了那个狭小的河流中去了，一直到那个宏伟的大理石阳台底下，它长长的阴影倒映在水面上。她在这儿期待着，瞧着那个年轻英俊的王子，而这位王子丝毫没有发觉，还以为月光中只有他一个人呢。

有好几个夜晚，她看到他在音乐声中乘着那艘悬挂着许多旗帜的华丽大船。她从绿灯芯草中向上面偷偷看着，当风吹起她银白色的长面罩时，如果有人看到的话，他们还以为这是一只天鹅在展翅呢。

有好几个夜里，当渔夫们打着火把出海捕鱼时，她听到他们对于这位英俊的王子说了许多称赞的话。她非常高兴，觉得当浪涛把他快吞噬的时候，是她救了他的生命，她还记起他的头是如何紧紧地偎依在她的怀中的，她是多么热烈地吻着他啊。可是这些事儿他自己根本就毫无所知，他连做梦也不会想到她的。

她渐渐地开始爱上人类了，渐渐地不断盼望着能够生活在他们中间。她觉得人类的世界比她的生活空间大得多。是啊，人类能够乘船在海上任意行驶，能够爬上高耸入云的山峦，同时还有他们的土地，连着森林和田野伸展开来，使得她一眼都望不到边。她希望知道的东西太多了啊，可是她的姐姐们根本不能满足她所有的提问。所以她只有问她的老祖母。她对于“上层世界”——这是她给海上的国家所起的非常恰当的名字——而且她也知道这个名字相当准确。

“如果人类不被淹死的话，”小美人鱼问，“他们会永远活下去？他们会不会像我们住在海底的人们一样地死去呢？”

“是的，”老祖母说，“他们也会死去的，而且他们的生命甚至比我们的还要短暂呢。我们可以活到三百岁，不过当我们的生命结束的时候，我们就会变成海上的泡沫。我们甚至连一座坟墓①也不会留给我们心爱的人。我们没有一个不死的灵魂。我们从来得不到一个生命的轮回。我们就像那碧绿色的海草一样，只要一割断，就再也生长不起来了！相反，人类却有一个灵魂，它永远活着，即使身体化为尘土，它仍然是活着的。它回归到晴朗的天上，回到那些闪耀着点点繁星的空中！正如我们升到水面看到人类世界一样，他们皈依那些神秘的、华丽的、我们永远也不会看见的极乐天堂。"

"为什么我们得不到一个不灭的灵魂呢？"小美人鱼悲伤地问，"只要我能变成人，可以进入天堂，哪怕在那儿只活一天，我都愿意放弃在这儿能活几百岁的生命。"

"你绝不能有这种念头，"老祖母说，"比起人类而言，我们在这儿的生活要幸福和美好得多啊！"

"那么我就只有死后，变成泡沫在水上漂浮了。我将再也听不到海浪的声音，看不见美丽的花朵和火红的太阳了吗？难道我没有办法保持一个永恒的灵魂吗？"

"没有！"老祖母说，"只有当一个人爱上了你，把你当成了比他父母还要亲的人的时候；只有当他把他全部的思想和情感都放在你身上的时候；只有当他让牧师把他的右手放在你的手心并答应永远对你忠诚的时候，他的灵魂才会转移到你的身上，而你就会得到一份人间的快乐了。他就会分给你一个灵魂，而同时他自己的灵魂又能保持永恒。但是这类的事情是从来都不大可能发生的！我们在这儿认为美丽的东西——你的那条鱼尾，陆地上的人类却认为非常的难看，他们不知道什么叫作美和丑。在他们那里，一个人要想显得美丽动人，就必须生有两根呆笨的支柱——他们把它们叫作腿！"

小美人鱼叹了口气，伤感地瞧了瞧她自己的鱼尾。

"让我们把自己的心情放得快乐些吧！"老祖母说，"在我们能存活的

---

① 上面说人鱼死后变成海上的泡沫，这儿却说人鱼死后在坟墓里休息。大概作者写到这儿忘记了前面的话。

这三百年中，让我们尽情地跳和舞蹈吧。这毕竟是一段相当长的时间，以后我们也可以在我们的坟墓里愉快地休息了。今晚我们就在这儿开一个舞会吧！”

那真是一个壮丽无比的场面，人们在陆地上是从来不会看见的。这个宽敞的舞厅里的墙壁和天花板都是用厚实而且透明的玻璃砌成的。成千上万草绿色和粉红色的巨型贝壳一排排地站立在四周，它们内部燃烧着蓝色的火焰，能照亮整个舞厅，照透整个墙壁，甚至也能照到外面的大海。人们可以看到无数的大小鱼群向这座水晶宫里游来，有的身上还发着紫色的光，有的亮起来就像白银和黄金。一股强劲的激流穿过舞厅的中央，海里的男人和女人们，唱着美丽动听的歌，就在这激流上跳啊唱啊，生活在陆地上的人们是唱不出来这么美妙的声音的。

在这些人中间，小美人鱼唱得最动听。大家纷纷为她鼓掌，她心里有好一阵子感到非常的快乐，因为她清楚，在陆地上和大海里只有她的歌声是最美的。不过，她又不知不觉想起人类的世界。她忘不了那个英俊美貌的王子，也忘不了因为没有他那样永远不灭的灵魂而引起的悲愁。所以她偷偷地走出她父亲的宫殿，当里面还充满歌声和快乐的时候，她却悲伤地坐在她的小花园里。忽然她听到一阵儿号角声从水面上传来。她想：“王子一定是在上面乘船呢。他——我爱他胜过我的爸爸和妈妈；他——我时时刻刻在想念着他；我把我一生的幸福都放在他的手里了。我要牺牲一切来争取他和一个不灭的永久灵魂。虽然现在我的姐姐们还在父亲的宫殿里跳舞，我还是要去拜访一下那位海里的巫婆。我一直是非常惧怕她的，但也许她能教给我一些有效的办法并帮助我的。”

小美人鱼于是走出了花园，向一个掀起泡沫的旋涡走去，巫婆就住在那儿。她以前从来没有去过。那儿没有花，也没有海草，只有一片光秃秃的灰色沙底，向旋涡深处伸去。海水在那儿像一架喧闹的水车旋转着，把它所能碰到的东西都吸到了水底。要到达巫婆住的地方，她必须得走过这危险的旋涡。有很长一段路需要通过一条冒着热泡的泥地，巫婆把那地方叫作泥煤田。在那后面有一个可怕的森林，巫婆的房子就在里面，所有的树和灌木林都是些珊瑚虫——一种半植物和半动物的东西。它们看起来就像从地里冒出来的九头蛇。它们的枝丫全是长长的、黏糊糊的手臂，它们的手指像蠕虫一样柔软。它们从根到顶都是一节一节地在颤动着，它们紧紧地盘住它们在海里所能抓得到的一切东西，没有丝毫懈怠。

小美人鱼在那可怕的森林面前停下了脚步，惊慌不已。她的心害怕得跳个不停，她甚至想转身回家去。但是当她一想起那位英俊的王子和人的永恒灵魂的时候，她就又鼓起了勇气。她把她飘动的长发牢牢地缠在头上，好使珊瑚虫抓不住她。她把双手紧紧地贴在胸前，于是就像水里跳着的鱼儿，在这些丑陋的珊瑚虫中间，向前跳着走，而这些珊瑚虫也只有在她后面挥舞着它们柔软的长臂和手指紧随其后了。她看到它们每一个都抓住了一件什么东西，无数的小手掌盘住它，像坚固的铁环一样。那些在海里淹死和沉到海底的人们，在这些珊瑚虫的手臂里，露出白色的骨骸。它们紧紧地抱着船舵和箱子，抱着陆上动物的骨骸，还抱着一个被它们抓住和勒死了的小美人鱼——这对于她来说，是一件最可怕不过的事情了。

现在她来到了森林中一块黏糊糊的空地上。这儿有又大又肥的水蛇在翻动着，露出它们淡黄色、丑恶的肚皮。在这块地的中间有一幢用死人的累累白骨砌成的房子。巫婆正坐在那儿，正在用她的嘴喂一只癞蛤蟆，就像我们人类用糖喂一只小金丝雀一个模样。巫婆把那些丑恶、肥胖的水蛇叫作她的小鸡，并让它们在她肥大、松软的胸口上爬来爬去。

“我知道你是来求我什么的，”巫婆说，“你是一个傻瓜！不过，我美丽的小公主，我还是会让你达到你的期盼的，因为这件事将会给你带来一个悲惨的结局。你想要去掉你的鱼尾，生出两根支柱，好让你像人类一样能够走路。你想让那个王子爱上你，使你能够得到他，因而也得到一个永恒的灵魂。”这时巫婆令人可憎地大笑了一通，癞蛤蟆和水蛇都滚到地上了，在周围爬来爬去。“你来得正好，”巫婆说，“明天太阳出来后，我就没办法帮你了，只有等一年后再说了。我可以熬一服药给你喝，你带着这服药，在太阳出来前，抓紧游向陆地上。你就坐在海滩上，把这药吃掉，那时你的尾巴就可以分成两半了，变成人类所谓的漂亮腿了，可是这也会很痛的——就像一把尖刀刺进了你的身体。而凡是见到你的人，都会说你是他们所见到的最美丽的女孩子！你将仍然保持你像游泳似的步子，任何舞蹈家都不会跳得像你那样轻柔优美。不过，你的每一个舞步将会使你觉得就好像是在尖刀上行走，好像你的血在向外流。如果你能忍受这些痛苦的话，我就可以帮助你。”

“我可以忍受，”小美人鱼用颤抖的声音说。这时她又想起了那个王子和她一直期盼着的一个永恒的灵魂。

“可是你要记住，”巫婆说，“你一旦获得了人类的形体，你就再也不能变成美人鱼了，你就再也不能回到水中来了，也不能回到你姐姐和你爸爸的宫殿里来了。同时假如你得不到那个王子的爱情，假如你不能使他为了你而忘记他自己的父母，全心全意地爱上你，叫牧师来把你们的手放在一起结成夫妇的话，你就不会得到一个永恒的灵魂。在他跟别的女人结婚的前一天早晨，你的心就会破碎，你就会变成海上的泡沫。”

“我不怕！”小美人鱼说，但她的脸像死人一样的苍白。

“但是你还得给我一些酬劳！”巫婆说，“我所要的并不是一件无足轻重的东西。在海底的人们都知道，你的声音是最美丽的了。无疑，你是想用这声音去迷住王子，可是这个声音你得交给我。我必须得拥有你最好的东西，以作为我的贵重药物的交换物！我得把我自己的鲜血注入这药里，好使它锋利得像一柄两面都飞快的刀子！”

“不过，如果你把我的声音拿去了，”小美人鱼说，“那么我还有什么东西留下呢？”

“你还有你美丽的身材呀，”巫婆回答说，“你还有轻盈的步子和你富于表情的眼睛呀。有了这些东西，你就很容易迷住一个男人的心。唔，你已经失掉勇气了吗？伸出你小小的舌头吧，我可以把它割下来作为报酬，你就可以得到这服强烈的药了。”

“就这样办吧。”小美人鱼说。巫婆于是把药罐准备好，用来煎这服富有魔力的药。

“爱清洁是一件好事，”巫婆说，于是她用几条蛇打成一个结，用它来洗擦这个罐子。然后她把自己的胸口抓破，让她的黑血滴到罐子里去。药的蒸汽奇形怪状地升到空中，看起来挺吓人的。每隔一会儿巫婆就加一点新的东西到药罐里。当药煮到沸腾的时候，有一种像鳄鱼似的哭声传了出来。最后，药总算是煎好了。它的样子就像非常清亮的水。

“拿去吧！”巫婆说。于是她就把小美人鱼的舌头割掉了。小美人鱼现在成了一个哑巴，既不能唱歌，也不会说话了。

“当你穿过我的森林回去的时候，如果珊瑚虫捉住了你，”巫婆说，“你只需把这药水洒一滴在它们的身上，它们的手臂和指头就会裂成碎片，向四处纷飞的。”可是小美人鱼没有这样做，因为当珊瑚虫一看到这亮晶晶的药水，它在小美人鱼的手里亮得像一颗闪耀的星星的时候，它们就在她面前畏惧地缩了回去。这样，她很快地就走出了森林、沼泽和激转的旋涡。

她可以看到她父亲的宫殿了。那宽大的跳舞厅里的火把已经熄灭了，无疑的是，里面的人都已经入睡了。不过她不敢再去看他们了，因为她现在已经是一个哑巴，而且就要永远离开他们了。她的心痛苦得似乎要裂成碎片似的。她偷偷地走进花园，从每个姐姐的花坛上摘下一朵花，对着皇宫用手指飞了一个吻，然后就浮出这深蓝色的大海了。

当她看到那王子的宫殿时，太阳还没有升起来。她庄重地走上了那个大理石台阶。月亮照得透明，美丽极了。小美人鱼喝下那服烈性的药。她立刻感觉到好像有一柄两面都锋利无比的尖刀正在劈开她纤细的身体。她马上昏倒了，好像死去一样。当太阳照到大海上的时候，她才醒过来，她感到一阵剧痛。这时有一位年轻貌美的王子正站在她的面前。他乌黑的大眼睛正在望着她，弄得她害羞地低下了头。这时她发现她的鱼尾已经没了，而获得了一双只有少女才有的最美丽的小白腿。可是她没有穿衣服，所以她用她那浓密的长头发掩住了自己的身体。王子问她是谁，怎样到这儿来的。她用她那深蓝色的眼睛温柔而又悲伤地望着他，因为她现在已经不会讲话了。他挽着她的手，把她领进宫殿里。正如那巫婆以前跟她讲过的一样，她觉得她每走一步都好像是在锥子和利刃上行走一样，可是她情愿忍受这样的痛苦。她挽着王子的手臂，走起路来轻盈得像一个水泡。王子和所有的人都望着她那文雅轻盈的步子，感到十分惊奇。

现在她穿上了丝绸和细纱做的尊贵的衣服。她是宫中最美丽的人，然而她是一个哑巴，既不能唱歌，也不能讲话。漂亮的女奴隶，穿着丝绸衣服，戴着金银饰物，走上前来，为王子和他的父母唱着歌曲。其中有一个奴隶唱得最迷人了，王子也不禁鼓起掌来，对她发出甜美的微笑。这时小美人鱼感到一阵阵的悲痛。她知道，她自己的歌声比那歌声要美上万倍！她想：

“啊！只愿他能知道，为了要和他在一起，我永远牺牲了我美丽的声音！”

现在奴隶们跟着美妙的音乐，跳起优雅的、轻飘飘的舞来了。这时小美人鱼就举起她一双美丽、白嫩的手，用脚尖舞蹈着，在地板上轻盈地跳着，从来没有人这样跳过。她的每一个动作都衬托出她的美。她的眼睛比奴隶们的歌声更能打动人的心扉。

大家都看得入迷了，特别是那个王子，他把她叫作他的“孤儿”。她不停地跳着，虽然每次她的脚接触地面的时候，就像是在锋利的刀上行走一样。王子说，她以后应该永远跟他在一起，所以小美人鱼被允许睡在王子门外的一个天鹅绒的垫子上了。

王子叫人为她做了一套男子穿的衣服，好使她能够陪着他骑马同行。他们走过香气扑鼻的树子，绿色的树枝扫过他们的臂膀，鸟儿在鲜嫩的叶子后面歌唱。她和王子爬上高山。虽然她纤细的脚已经在开始流血，而且大家都看见了，她仍然只是一笑置之，继续伴随在他左右，直到看到云朵在他们下面移动，就像一群向遥远之处飞去的小鸟。

在王子的宫殿里，夜里大家都睡了之后，她向那宽大的台阶走了过去。为了使她那双灼热的脚可以感到一丝清凉，她就站在寒冷的海水里。这时她不禁想起了住在海底里的亲人们。

一天夜里，她的姐姐们手挽着手浮到海面上来了。她们一面在水上游泳，一面唱出凄凉的歌曲，这时她就向她们不停地招手。她们也认出了她，她们说她曾经是多么的让她们难过。从这以后，她们每天晚上都来看她。有一天晚上，小美人鱼还遥远地看到了多年不曾浮出海面的老祖母和戴着王冠的父亲。他们对她伸出手来，但他们不像她的那些姐姐们，只是远远地看着她，没敢游近地面。

王子一天比一天地更爱她了。他就像如获至宝的一样爱她，但王子却从来没有娶她为妻的想法。然而她必须得做王子的妻子啊，否则她就不能得到一个永恒的灵魂，而且会在王子结婚的头一天早上变成海上的泡沫。

“在所有人中，你是最爱我的吗？”当王子把她抱进怀里吻她前额的时候，小美人鱼的眼睛似乎在这样说。

“是的，你是我最爱的人！”王子说，“因为你在所有人中有一颗最善良的心。你是我最亲爱的，你很像我曾见到的一个年轻女子，可是我永远再也见不到她了。那时我乘坐在一艘船上——这船沉了。巨浪把我推到一个神庙旁的海岸上。有几个年轻女子在那儿作祈祷。她们最年轻的一位在岸旁发现了我，因此，救了我的生命。我只看到过她两次，她是我在这个世界上能够爱的唯一的人，但你很像她，你可以代替她留在我灵魂中所有的印象。她是属于那个神庙的，因此我很幸运上帝特别把你送给了我。让我们永远不要分离吧！"

"啊，原来他并不知道是我救了他的生命！"小美人鱼想。"我把他从海里托了出来，送到神庙所在的一个树林旁。我躲在大海的泡沫后面，窥望是不是有人会来。我看到了那个美丽的姑娘，他爱她胜过于爱我啊。"这时小美人鱼深深地叹了一口气，她哭不出声来。"他曾说过，那个姑娘是属于那个神庙的。她永远不会来到这个人的世界，他们永不会见面了。我是跟他在一起，每天都能看到他。我要悉心照顾他，爱他，对他献出一切乃至我的生命！"

不久，大家就传说王子要结婚了，他的妻子就是邻国国王的女儿。王子为这事儿还特别装备好了一艘美丽的游船。王子表面上说是要到邻近王国去旅行，事实上他是为了要去看那个邻国国王的女儿。他将带着一大批随从官员同去。小美人鱼摇了摇头，轻轻地微笑了一下。她比任何人都能猜透王子的心事儿。

"我得去旅行一下！"他对她说，"我得去看一位美丽的公主，这是我父母的命令我不能违背，但他们不能强迫我把她作为未婚妻带回家来！我不会爱她的。你很像神庙里的那个美丽的姑娘，而她却一点也不像。如果我要选择新娘的话，那我就要先选择你——我最亲爱、有一双能讲话的大眼睛的无声小公主。"

于是他吻了她那鲜红的嘴唇，抚摸着她的长发，把他的头贴到了她的心上，弄得她又幻想人间的幸福和那永恒的灵魂。

"你不害怕海吗，我的无声小公主?"他问。这时他们正站在向邻近的王国驶去的那艘华丽的大船上。他和她谈论着风暴和平静的大海、生活在这海里奇形怪状的鱼，和在海底下所能看到的一切东西。对于这样的故事，她只是微微地笑了笑，因为关于海底的事情她比谁都更清楚。

在月光照耀下的深夜，大家都睡了，只有掌舵人立在船舵旁。这时小美人鱼就坐在船边，凝望着海面上清澈的海水，她好像看到了父亲的王宫。她的老祖母头上戴的银子做的皇冠，正高高地站在王宫顶上，她透过激流向这条大船的龙骨望着。不一会儿，她的姐姐们都浮到水面上来了，她们悲伤地望着她，使劲地挥舞着她们白皙的手。她也向她们招手、微笑，同时也很想告诉她们，说她现在的一切都很美好和幸福。不过，这时船上的一名侍者忽然向她这边走来，她的姐姐们立刻都沉到了水里，侍者以为自己所看到的一些白色的东西只不过是些海上的泡沫。

第二天早上，大船开进了邻国的港口。所有教堂的钟都敲响了，号角从高楼四周吹响，士兵们举着飘扬的旗帜和雪亮的刺刀在向王子敬礼。每天都有一个专门为王子开的宴会。舞会和晚会在轮流举行着，可是该国的公主还没有出现。人们说她正在一个遥远的神庙里受教育，学习皇家的一切美德要求。最后她终于来了。

小美人鱼迫切地想要看看她的容貌。她不得不承认她的美丽，她从来没有看见过比她更美的身材了。她的皮肤是那么的细嫩、洁白，在她黑长的睫毛后面是一对微笑的、虔诚的、深蓝色的眼睛。

“就是她！”王子说，“当我像一具死尸般躺在岸上的时候，救活我的就是她！”于是他把这位羞答答的公主紧紧地抱在怀里。“啊，我太幸福了！”他对小美人鱼说，“我从来不敢奢望的最好的东西，现在终于成为事实了。你会为我的幸福而高兴吧，因为你是所有人中最喜欢我的人！”

小美人鱼吻了一下他的手，她觉得她的心在碎裂。他举行婚礼后的前一个早晨就是她离开这个世界的时刻了，她就会变成海上的泡沫。

教堂的钟都敲响了，传令兵骑着骏马在大街上宣布王子订婚的喜讯。每一个祭台上，芬芳的油脂在昂贵的油灯里燃烧着。祭司们挥舞着香炉，新郎和新娘互相挽着手来接受主教的祝福。小美人鱼这时穿着丝绸做的漂亮衣裳，戴着金饰，托着新娘的披纱，可是她的耳朵里却听不见这欢乐的音乐，她的眼睛再也看不见这神圣的仪式。她想起了明天早晨就要死去，以及在这世界上已经失去的一切。

当天晚上，新郎和新娘来到了船上。礼炮纷纷响起，旗帜招展。一个金黄色和紫色的皇家帐篷在船中央被架起来了，里面陈设着最美丽的垫子。在这儿，这对美丽的新婚夫妇将度过他们清凉和寂静的新婚之夜。

风儿在鼓着船帆。大船在这清亮的海面上，轻柔地航行着。

当夜幕渐渐垂下来的时候，彩色的灯光都亮起来了，水手们兴高采烈地在甲板上跳起舞来。小美人鱼不禁想起了她第一次浮到海面上的情景，想起她那时看到的同样华丽和欢快的动人场面。她于是也旋转起来，飞翔着，就好像一只被追逐的燕子一样飞翔着。大家都在喝彩称赞她，她从来没有跳得如此美丽。锋利的刀子似乎在不时地砍着她细嫩的双脚，但是她并不觉得痛，因为她的心里远比这还要痛。

她知道这是她和他共同度过的最后一个晚上了，为了王子，她离开了她的姐姐们和温暖的家，她奉献了她美丽的歌喉，她每天忍受着无尽的苦痛，然而他却一点儿也不清楚。这也是她能和王子在一起呼吸空气的最后一晚了，这是她能看到深沉的大海和布满了星星的天空的最后一晚了。一个没有思绪和梦境的永恒的夜晚在等待着她，没有灵魂而且也得不到一个灵魂了。半夜过后，大船上的一切还是那样的欢乐和愉快。她笑着舞着，但是她的心已经死了。王子吻着他自己深爱的美丽新娘，新娘抚弄着王子乌亮的头发。他们手挽着手到那华丽的帐篷里去休息了。

大船上现在非常安静，只有舵手站在船舵旁。小美人鱼把她洁白的手臂倚在船舷上，向东方凝视着，等待着第一缕晨曦的出现，她知道，第一道太阳光就会让她消失的，她看到她的姐姐们从波涛中涌了出来。她们像她一样脸色苍白，身影憔悴。她们美丽的长发已经不在风中飘荡了，因为已经被剪断了。

“我们已经把头发交给了那个巫婆，希望她能帮助你，使你不至于死去。她给了我们一把刀。拿去吧，你看，它是多么的锋利！在太阳没有出来之前，你得把它插进那个王子的心里去。当他的鲜血流到你的脚上时，你的双脚就会又连到一起，成为一条鱼尾了，那样你就可以恢复美人鱼的原形了，你就可以回到我们这儿来了，这样，在你没有变成无生命的海水泡沫以前，你仍然可以活到三百年的。快动手啊！在太阳没有出来之前，不是他死，就是你亡啊！我们的老祖母悲痛得连她的白发都掉光了，就像我们的头发在巫婆剪刀下纷纷落下一样。刺死那个王子，赶快回来吧！快动手呀！你没有看到天边的红光吗？几分钟后，太阳就出来了，那时你就必死无疑了！”

她们发出了一阵阵奇怪、深沉的叹息声，接着她们便沉入浪涛中去了。

小美人鱼把那紫色的帐篷帘子掀开，看到那位美丽的新娘正把她的头枕在王子的怀里熟睡着。小美人鱼弯下腰，在王子清秀的眉宇间亲了一下，接着她向天空凝视过去，朝霞渐渐地变得更亮了。她看了一眼那把刀，接着又把眼睛移向了王子，他正在睡梦中喃喃地念着他新娘的名字。他思想中只有她的存在。刀子在小美人鱼的手里发抖。正在这时，她把这把刀远远地向浪花里扔去。刀子沉下的地方，浪花发出一道红光，好像有许多血滴溅出了水面。她再一次把她那迷糊的视线转向了王子，接下来她就从船上纵身一跃跳进了海里，她觉得她的身体正在融化成泡沫。

现在太阳从海面上升起来了。阳光柔和、温暖地照在冰冷的海水泡沫上。因为小美人鱼并没有感到生命的消亡。她看到了明亮的太阳，同时在小美人鱼上面飞着无数透明、美丽的生物。透过它们，她可以看到大船上的白帆和天空中的云彩。它们的声音是多么和谐悦耳啊，可是又是那么虚无缥缈，人类的耳朵简直是没有办法听见的，正如人类的眼睛无法看见它们一样。它们没有翅膀，只能凭借轻盈的身体在空中浮动。小美人鱼觉得自己也获得了它们这样美丽的身姿，渐渐地从泡沫中升起来了。

“我将向哪儿去呢？”她问。她的声音跟其他的生物一样，显得虚无缥缈，人世间的任何音乐都不能和它相比。

“到天空的女儿那儿去吧！”有声音回答说，“美人鱼没有永远不灭的灵魂，而且永远也不会有这样的灵魂，除非她获得了一个凡人的真挚爱情。她的永恒的存在要依靠外在的力量。天上的女儿也没有永恒的灵魂，不过，她们可以通过善良的行为来创造出一个灵魂。我们飞向炎热的国度，那里散布着病疫的空气正在伤害着那里的人民，我们可以吹起清凉的风，也可以在空气中传播花香，我们还可以散布健康和令人愉快的精神。三百年后，当我们尽力做完了可能做的一切善行时，我们就可以获得一个永恒的灵魂，就可以分享人类一切永恒的幸福了。你，可怜的小美人鱼，像我们一样，曾经全心全意地为那个目标而奋斗牺牲。你忍受过无尽的痛苦，你坚持了下来，你已经超生到精灵的世界里来了。通过你善良的工作，三百年后，你就可以为你自己创造出一个永恒的灵魂。”

小美人鱼向着上帝般慈爱的太阳举起了她光亮的双臂，她第一次感觉自己要流出眼泪来了。

在那条大船上，人的说话声和喧闹又开始了。她看到王子和他美丽的新娘正在寻找她。他们悲伤地望着那大海里翻腾的泡沫，好像他们已经知道她跳到大海中去了。在冥冥中她吻了这位新娘的前额，她对王子微笑着走了。她跟其他空气中的孩子们一道，骑着玫瑰色的云朵，升入天空中去了。

“这样，三百年后，我们就可以升入天国了！”

“我们也许不必等那么久！”一个声音低语着，“我们无形无影地飞进了人类的家庭去，那里生活着一群孩子。如果每一天我们找到一个能给他父母带来快乐又值得父母爱的好孩子，上帝就可以缩短我们考验他的时间。当我们飞过屋子的时候，孩子们是不会知道的。当我们幸福地对着他微笑时，我们就可以把这三百年减去其中的一年；但当我们发现一个顽皮又捣蛋的孩子，又经常伤心地大哭出来的时候，那么，他每流一滴眼泪，我们就多考验他一天。”

# 红鞋子

很久很久以前，有一位小姑娘，长得漂亮极了，然而她却非常贫穷，连一双普通的鞋子也买不起。夏天她只能光着脚走路，冬天也只能穿一双又大又笨重的木头鞋子，她的小脚背经常被磨得通红通红的。

村子里住着一位上了年岁的鞋匠妻子，她是一位有着善良得像圣母心肠的老人家。她坐下来，用一些破旧的红布片尽其所能地做了一双小鞋子。虽然鞋子做得有点粗糙，但这却是她的一片美好心愿，毕竟鞋子是做给小姑娘的，这个小女孩叫凯伦。

凯伦收到这双鞋子，第一次穿着它是在她母亲举行葬礼的那天。的确，那双红鞋子不适合在母亲葬礼的时候穿，但除此之外凯伦再没有别的像样的鞋子可穿了，她只好穿着那双红鞋子，在母亲简陋的灵柩后面无声地走着。

就在这时，一辆既大又很破旧的马车疾驶着经过这里，马车里坐着一位老婆婆，她一眼瞥见了小女孩，顿生怜悯之心。她当即停下了马车，亲自来到送葬的队伍前找到了牧师，表示她可以照顾这个无依无靠的小女孩。最后牧师点头应允了，小女孩从此就由这位老婆婆抚养了。

小女孩相信这是那双红鞋子带给她的好运，老婆婆反倒觉得那双红鞋子太难看了，就将它烧掉了。老婆婆让凯伦穿得漂漂亮亮、干净整洁，教她如何处世做人，读书织布，左邻右舍凡是认识凯伦的人都认为她既漂亮又十分乖巧。事实上也确实如此，小女孩不仅人长得漂亮，简直可以说是倾国倾城了。

恰好有一天，王后带着她的小公主来野外游玩，正好路过凯伦住的地方。所有的人，包括小女孩在内，都潮水般地向城堡涌去。小公主身上穿着漂亮的雪白衣服，站在城堡上让大家观看。她没有穿拖地的长裙也没有戴耀眼金冠，但她穿了一双迷人的摩洛哥皮子做的红鞋子。这双小红鞋玲珑小巧，但是小公主穿的红鞋子确远远比不上鞋匠妻子给小凯伦缝的那双红鞋子漂亮。恐怕在这个世界上至今也不会再有什么能与那双烧掉的红鞋子相媲美了。

几年一转眼就过去了，小女孩长大了，到参加坚信礼的时候了。现在的她已经有了新衣裳，只差双新鞋子了。凯伦随着老婆婆来到了城里一家富有的鞋匠家里，凯伦发现在鞋匠家大玻璃的橱柜里摆放着各式各样的鞋子，其中有一双非常像小公主穿的那双。看上去真是美极了，但老婆婆眼力不怎么好，所以也没觉得这些鞋子有什么特别的地方。至于那双红鞋子，鞋匠说这双鞋子本来是为一位伯爵的女儿做的，可做出来后才发觉不合她的脚。

“一定是用那种价格不菲，漂亮并能发光的皮子做的吧?”老太太问道。

“对，它们确实是会闪闪发光的。”凯伦说。凑巧的是那鞋子正合凯伦的脚，老婆婆就买下了。可老婆婆根本不知道它们是红色的，因为她绝对不会允许凯伦穿着一双红鞋子去参加坚信礼，她讨厌红色。

从教堂门口到唱诗班的路上，所有人都看着凯伦的那双红鞋子，凯伦也意识到了。她觉得连戴着硬领、身着黑长袍的传统雕像都似乎在盯着她的那双红鞋子看。牧师将他的一双大手放在凯伦的头上，进行着圣洁的洗礼仪式，并庄严宣布凯伦已经成为了一名成年的基督徒了。这时风琴奏起了令人肃穆的旋律，甜美稚嫩的童声连同一位年老的领唱者苍老的声音混杂在一起，在每个人的心中都是深深的敬畏和虔诚，唯独在凯伦心中依然只想着她的那双红鞋子。下午，老婆婆从别人那里得知，凯伦当时穿的竟然是那双红鞋子。她狠狠地批评凯伦这样子会让人觉得很不成体统，并命令凯伦以后上教堂必须穿黑鞋子，即使是旧的。

接下来的一个星期天就要举行圣餐仪式了。凯伦在瞧过自己的黑鞋子后，情不自禁地把目光又停留在那双红鞋子上面，并鬼使神差地穿在脚上。

这天的天气风和日丽，阳光明媚，凯伦跟随着老婆婆沿着麦田里的小路走着，路上满是尘土，她们正向教堂赶去。

教堂门口站着一位瘸腿的老兵，撑着一根拐杖，他那已经开始变得花白却依然火红火红的胡子，长得挺吓人的。他看到凯伦的小红鞋，问老婆婆他是否可以给凯伦擦擦鞋子，老婆婆答应了，凯伦伸出她那穿着漂亮红鞋子的双脚。“上帝啊，多么漂亮的小舞鞋啊！”老兵说，“跳舞的时候穿最合适不过了。”

老婆婆给了老兵一点钱，就跟凯伦一起去教堂了。

教堂的所有人，包括所有的雕像都在盯着凯伦的那双红鞋子。凯伦在圣坛前跪了下来，并将金杯放到自己的嘴边，但她只想着她那双红鞋子。她感觉那双红鞋子像在金杯里漂来荡去一样，她忘记了唱赞美诗和念《主祷文》。

礼毕大家走出教堂，老婆婆也上了马车。可是正当小凯伦抬起她的一只脚上车时，那老兵又说话了：“上帝呀，多么漂亮的小舞鞋啊！”听了赞美，凯伦不由自主地跳了几下，等到她一跳起来，她的两条腿就无法控制地一直跳动。这双红鞋子也好像有什么法力，也在不停地跳跃着，翩翩起舞，很是好看。凯伦如痴如醉地跳着舞绕过教堂的屋角，因为她根本就无法停下来了。马车夫没有法子，只好追上去一把将她拉住。马车夫把凯伦抱上了马车，可她的脚依然在不停地跳动，甚至还踢了好心的老婆婆一脚，以致人们不得不脱掉她的那双红鞋子，这时她的双腿才停了下来。

回到家，红鞋子被锁进了柜子里，可凯伦依然那样恋恋不舍，总是忍不住去看看它们。

回家后老婆婆就病了，大家说老婆婆可能从此就会一病不起了。她十分需要人看护照顾，而小凯伦当然也就是她唯一的依靠了，可凯伦却收到邀请要去参加一个在城里举行的盛大舞会。她又盯着那双心爱的红鞋子，心想，看看它们也算不上什么罪过。她穿上了红鞋子，心想，穿穿它们也不会有什么害处。可是她的双腿又无法自控地跳起舞来了，就像失去控制的汽车一样向舞会奔去。

凯伦想往右走，鞋子却跳着舞步向左走，她跳着舞想朝房间里走，红鞋子却跳着舞非要朝房间外面走，走下楼梯，穿过街道，走出了城门。她就这样一直不停地跳啊跳啊，根本无法停下来，一直跳进了阴森森的树林里。突然好像是什么东西在树林间亮了起来，凯伦还以为是月亮呢，离近了才看清楚原来是一张脸，一张长着十分吓人模样的，留着满脸络腮红胡子的那个老兵的脸。老兵坐在那里点着头说："上帝啊，多么漂亮的小舞鞋啊！"

凯伦这时害怕极了，她要把红鞋子扔掉。但是红鞋子牢牢地粘住了她的脚。她不得不扯下了长袜子，可红鞋子已经死死地长在了她的脚上。她只好跳着舞，走过田野和草原，别无选择了，无论是刮风下雨还是旭日东升，也不论黑夜还是白天。

她跳着跳着来到露天的教堂墓地，在那里的死人是绝对不能跳舞的。他们有比跳舞更好的事情要做。凯伦想在长着苦蕨的那个乞丐坟上坐下歇歇，可对她而言，连这片刻的宁静和休息也已经不可能了。当她跳着舞蹈穿过开着的教堂门时，她看见了一个天使，穿着白色长袍，她的双翅从肩膀一直拖到地面，她的脸绷得紧紧的，十分严肃，手里拿着一把寒光闪闪的宽刃剑。

"你要一直这样跳下去，"她说，"穿着你的红鞋子一直跳到你脸色苍白，全身冰冷乃至皮肤发皱，变成一副骷髅架子！你要一直跳，挨家挨户地跳，你要挨个敲门叫他们都能看见你，并且让他们惧怕你！你要跳下去，跳下去！"

"请您饶了我吧！"凯伦惊慌失措地叫道。可凯伦没有听到天使回答了些什么，因为红鞋子已然把她带出大门带到田野中去了，无论在大路还是小路上，凯伦都要一直不停地跳着舞，片刻不能停留！

一天早上，她跳着舞经过一扇她非常熟悉的门时，里面在唱着赞美诗，一口装扮着鲜花的棺材被抬了出来。此刻她才终于彻底明白了，她已经被每一个人抛弃了，而且还受到了天使的无情谴责。

在一个令人可怕的月黑风高的夜晚，她无能为力地一直跳着。红鞋子带着她穿过了一片荆棘和树桩，直到她体无完肤，满身是血，她就这样跳啊，穿过灌木丛生的荒野，来到了一间孤零零寒气逼人的小房子门前。她非常清楚这里住着一个极端凶狠并且杀人不眨眼的刽子手，她用一根手指敲着窗子说：

"快出来吧！快出来吧！我无法进去，因为我要跳舞。"

刽子手说："我想你是不知道我是一个什么样的人！我会将恶人的头

砍掉，我已经留意到我的斧子已经在不停地颤动了，它要做它想做的事了。”

“别砍掉我的脑袋!”凯伦说，“因为如果你真的要砍下我的脑袋，我就无法向上帝忏悔我的罪过了。请您连同我的红鞋子一起砍掉我的双脚吧!”

接下来她坦白了她以前所有的罪过，刽子手砍掉了她的双脚，连同那双魔鬼似的红鞋子。可红鞋子带着凯伦的小脚跳着舞穿过田野径直到林子深处去了。

接着，刽子手给凯伦刨了一双木头脚丫和两根拐杖，教她唱忏悔的人经常唱的赞美诗。凯伦心怀感激地吻了一下那只握着斧头的手，离开了小屋，穿过长满荆棘的荒野。

“我已经为红鞋子受够苦了，”她说，“我一定要到教堂去虔诚地忏悔我过去的罪过。”她惊魂未定的向教堂大门艰难地走去。可她刚到那里，发现红鞋子已经在教堂门口了，还在跳着舞，她吓得魂不附体，忙转身一溜烟地逃掉了。

整整一个星期，她十分伤心难过，流了很多痛苦的眼泪，当周日又来临时她想起来：“如今我受够了罪也尽了力了。我想我的罪过应该能够得到原谅了吧，就像坐在教堂里忏悔的那群人一样。”于是她大着胆子向前走，还没走到教堂墓地的大门口，红鞋子又出现在她的面前，并且还在那儿不停地跳来跳去。她的神经又变得恐怖害怕起来，回过身来真诚地忏悔她的罪过。

她来到牧师那里请求主罚她做一个仆人。她说会任劳任怨地做一切力所能及的事，只要有个屋子能遮风避雨，只要能跟好人们重新生活在一起，她不在意工钱的多少。牧师也觉得凯伦很可怜，就同意了她的恳求。她工作勤勤恳恳，十分用心。每当夜晚来临时，一到牧师读《圣经》时间，她就静静地坐在那里，仔细认真地听着。所有的孩子都很喜欢她，可当孩子们每次一谈到衣着、奢华的排场时，凯伦就会使劲地摇头。

接下来的星期天，大家又要到教堂去，问凯伦是否愿意去，她满眼泪水，伤感地盯着她那副拐杖。其他人去听《圣经》了，她一个人孤零零地回到了她那个小得只能放下一张床和一把椅子的房间里。她在房间里手捧着她的赞美诗集坐了下来，并以自己虔诚忏悔的心诵读着。风总会将教堂美妙动听的风琴声传到她的耳朵里来，每当这时，她满眼泪花抬起头说：“噢，上帝啊！救救我吧！”

就在此时，太阳突然亮了起来，那天夜晚在教堂门口见到的那位白衣天使也出现在了凯伦的面前。她没有拿着锋利无比的剑，相反却拿着一根开满玫瑰花的绿枝。她用这根绿枝碰碰天花板，天花板顿时升高了，在那绿枝碰到的地方出现了一颗亮晶晶的金星。白衣天使碰碰墙，墙打开了，她看到了那演奏美妙音乐的风琴、那些老牧师和他们太太的画像，看到教堂里的人们静静地坐在椅子上唱着赞美诗。她思考着眼前的一切，不是教堂自己秘而不宣地来到了她的小房间里，就是她的房间被天使的神力放到了教堂里。她跟这位牧师的一家人坐在教堂里，直到他们大家一起唱完赞美诗抬起头来，看见凯伦时频频点着头说：“你做得对！凯伦。”

“这是上帝对我的宽恕，”凯伦说。

风琴依然悠扬的演奏着，唱诗班的童声依然那么的温柔甜美。明亮温暖的阳光透过凯伦所在的教堂的窗子温柔地投射了进来，凯伦的心里充满着阳光，充盈着安宁和欢笑。她的灵魂跟随太阳的光线飞上了天堂，以后再没有人问起那双神奇诡异的红鞋子了。

# 牧羊女和扫烟囱的人

一个非常宽敞漂亮的客厅里立着一个木制碗柜，它是房子主人的奶奶留下来的，它都老得发黑了，事实上就是一个古董了。它的四个棱角雕刻着蔓藤花纹和叶子，两侧以及后面雕刻着绽放的郁金香和玫瑰，它上面有很多奇异的花纹，花纹中间显现出一只小雄鹿的脑袋，脑袋上有很多花角。碗柜的正面刻着一个人的全身像，十分的好笑。他长着公羊的腿，额头上露出一些小角，牙齿在外面露着，另外下巴上留着一把长胡须。这可是木工费尽工夫刻出来的。房子里的孩子们都称他“公山羊腿—少将和中将—作战司令—中士”，简直是一个既冗长又不好记的名字啊。但能得到如此多头衔的人确实很少。

客厅的墙壁上挂着一张风景画，下面有一个桌子。一个瓷做的牧羊女站在上面。她长得十分的娇小、可爱，身穿长裙子，腰间束有一朵红色的玫瑰花，脚上是一双小巧玲珑的镀金鞋子，头上戴一顶金帽子，手持一根木杖，的确是一位摩登女郎。

她旁边立着一个同样是瓷做的扫烟囱的人，小小的，黑得像炭，可他非常的整洁。他本来是块优质的泥巴，但做瓷器的人将它看作为一个“扫烟囱的人”，要是他们高兴还可能把它捏成一个十分尊贵的王子。

他的面孔与身体非常不和谐，白里透红，仿佛一个害羞的姑娘。事实上这也是他的一个缺陷啊，他手持梯子，站在那儿，极具男子汉的气息。主人将他放在牧羊女的身旁，希望这两个年轻人能成为让许多人羡慕的恋人。

扫烟囱的人和牧羊女事实上已经订婚了，他们不仅出身相同、地位般配，而且性格也很相似，都是非常的脆弱，他们的确是天生的一对啊。

离他俩没多远站着一个很老的中国人，他也是瓷做的。他的体形是那两个年轻人的三倍，他能够点头。他自称是小牧羊女的爷爷，可又没有任何证明。他始终坚信自己有监护她的资格。“公山羊腿”先生也十分的睿智，他对小牧羊女倾心已久，因此，便请求这位有权威的家长把小牧羊女嫁给他做妻子，爷爷也同意了这门亲事。

“那位桃花木心的‘公山羊腿’先生就快做你的丈夫了！”中国人说，“他可以让你成为一位中士夫人。他很有钱啊，除了拥有整碗柜的银盘子以外，还有许多珍贵的宝物。”

“我不想嫁给那个花心的男人，我听说他屋子里有十一个姨太太，她们全部是瓷做的。更何况那个破碗柜里面黑魆魆的，我一点都不喜欢那儿。”小牧羊女说。

“我已答应他了。你只管等着做第十二位姨太太吧！”中国人说，“婚礼就在今天夜里举行，当那个老碗柜开始不停地发出声响时，你就正式成为他的妻子了。这桩婚事我觉得十分不错。”他说完就睡着了。

小牧羊女非常难过，望着自己的心上人难过地大哭了起来。

“请你带我离开此地吧！无论到哪里去，只要离开这儿就可以了。”牧羊女恳求着。

扫烟囱的人当然不答应她嫁给“公山羊腿”先生了，她的想法正合扫烟囱的人的意。他将梯子立在地上，自己先踏着雕花的桌角贴金的叶子上到梯子上，慢慢地爬了下来。接着让牧羊女按照他刚才的做法也来到了地上。就在这时，那个老碗柜里面响起了骚动声，他们发现所有的雕鹿都伸出了头，翘起花角，“公山羊腿”先生气得直跺脚，还不停地向对面的老中国人大叫：“牧羊女跟那个男人私奔了！他们跑了啊！”

他俩害怕极了，迅速躲到一个敞开的抽屉里。那里有很多扑克牌，还有一座搭得非常简陋的舞台。木偶戏还在进行着，这出戏讲的是一对相恋多年的青年人由于女方父母不同意而无法在一起。所有的扑克牌女士们坐在第一排，手里扇着扇子看得兴趣十足，男士们一律站在她们后面。小牧羊女认为这出戏和她的现在的境遇简直是太像了啊，不觉间为剧中的女主角伤心地哭起来。

“我马上就要永远地从这里离开了，我再也看不下去了。”她抽泣着说。随后，他们从抽屉里爬出来，回到地上。他们朝旧柜子望去，想弄清楚那个年老的中国人是否依然睡着。他早已醒了，而且气得浑身上下都直哆嗦，他慢慢移动自己肥胖的身体，打算捉住小牧羊女，因为他的下部是一个整体。

“他追我们来了！”小牧羊女一边跑一边尖叫着。她吓得脸色苍白，吓得不知该逃到哪里，因此瓷做的膝头弯到了地上。

“不用怕的！我们钻进墙角的那个混合花瓶①里藏起来。那里有新鲜漂亮的花瓣以及熏衣草，我们躺在上面该有多舒服呀！如果他敢来的话，我们就朝他眼睛里撒一些盐。”扫烟囱的人说。

“我们去那里就是自寻死路啊。”小牧羊女说，“因为混合花瓶跟年老的中国人过去订过婚，尽管他们没能结婚，但依然是有着旧交情，在这个狭小的空间完全没有我们的藏身之处，只有逃到外面的世界才能活命。”

“你真的有这个胆量吗？”扫烟囱的人问，“外面的世界要比你想象的大得多，没有尽头啊，我们这一去，也许永远也回不来了，你一定要想清楚啊。”

小牧羊女考虑了一会儿，肯定地回答道：“我愿意跟你离开。”

“我们能够从烟囱逃到外面。第一步你要跟随我爬进炉子里，通过炉身以及烟道，方可走到烟囱里面，这段道路极其难走。我们会爬得非常高，他们根本不会找到我们的。”扫烟囱的人对心爱的恋人说。接着他拉着牧羊女的手来到炉门口。

小牧羊女向里面瞧一瞧，惊讶地说：“这里面为什么这么黑呀！就如同黑夜一般啊。”但她依旧跟在扫烟囱的人的身后义无反顾地爬了进去。他们穿过炉身以及通风管，来到烟囱的下面。这地方明亮多了，因为顶上有一个洞口，月光从上面发出了非常柔和的光。

“快看那里，天上的星星多漂亮呀！我们只要再穿过这条烟囱道，就能够到达那个纷繁的大世界了。”扫烟囱的人说。

烟囱悬得比较高，非常陡，也非常危险。他们憋足了劲儿迈出了第一步。扫烟囱的人领着牧羊女继续摸索着前进。他扶着她，告诉她怎样把脚踩在绝对没危险的地方，他们仔细地走着，总算爬到了烟囱口，在口上坐

---

① 混合花瓶是旧时欧洲的一种室内装饰品。

下来歇一会儿。他们已走了很远的路，真是太疲惫了。小牧羊女将头靠在扫烟囱的人肩上，向远处望去，紫色的夜幕上镶嵌着许多星星，亮晶晶的看上去非常的闪亮、美丽。城里每个屋顶都散落在他们的脚下，她没有想到世界竟然是这个样子，后悔地哭起来，泪水将丝带上的金色都冲得一干二净了。

“世界怎么能是现在这个模样呢，它真是太大了，和我想象中的完全不一样!”小牧羊女哭泣着说，“在这里我不会快乐的，我宁可再回到那个房间的桌子上去。我为了爱情跟你来到这个纷繁复杂的大千世界，要是你真心爱我的话就和我一起回去!”

扫烟囱的人和她说了回去的可怕结果。那个年老中国男人绝对会强迫她嫁给“公山羊腿”先生的。她又非常难过地大哭起来，依然坚持着要回去。扫烟囱的人毫无办法只好依了她，尽管他是那样地不情愿。

他们又十分费力地爬下了烟囱，走出通风管和炉身，来到漆黑的火炉里，他们没有马上出去，而是站在门后仔细听房子里现在的动静。屋子里十分的寂静，于是，他们轻轻地探出身子看。——噢，上帝！那个年老中国人被分成好几块鲜血淋淋地躺在地上，这是由于他在追小牧羊女的时候，一不小心，从桌子上跌了下来。他的头滚落到墙角处，身子摔了个稀巴烂。那位“公山羊腿”先生冷淡地站在原地，仿佛在想着什么事情。

“噢，真难以想象事情会弄得这么糟糕！老祖父摔成了碎片，都是我们不好，我只有用死来抵赎我的过错啦。”小牧羊女伤心地说。

“别伤心了，他能粘好的。”扫烟囱的人说，“我敢向你发誓。只要用胶水将这些碎片粘在一起，然后再在他的颈上钉一个钉子，他就可以恢复原状了，仍旧能够和我们生活在一起。”

“这是真的吗?”小牧羊女有点儿不相信地问。

“你就看着吧。”扫烟囱的人信心十足地说。因此，他们又回到了桌子上。

“要是早知道回来，当时还不如不出去，走了那么多冤枉路。”扫烟囱的人心里在一个劲儿地抱怨。

“我如今只盼望老祖父能够修好，这样我的心里才可以好受些。”小牧羊女说。

第二天清晨，屋子里的人发现了那个老中国人的尸体躺在地上。他们将散落在地上的碎片拾起来拼在了一起，在上面抹了一层胶水，随后又用钉子将他的头固定住。奇迹真的发生了啊，那个老中国人又起死回生了啊，他还跟原来一样，只不过脖子不能动了，再也点不了头了。

“自从你有了如此遭遇，你反而越发骄傲自大了”，“公山羊腿”对老中国人说，“你其实不必在我面前摆架子，告诉我究竟让不让小牧羊女嫁给我?”

小牧羊女望着老祖父一个劲儿地摇头说不，希望他千万不要答应“公山羊腿”的要求。老中国人如今已经无法点头了，但他不想让那个人晓得自己的这个缺点，他一直站在那不动声色。扫烟囱的人和小牧羊女两个相爱的年轻人后来终成眷属了。他们诚心地感谢老祖父脖子上的那根钉子，祝福它永远健康长寿。

# 野天鹅

每当寒冷的冬天就要来到的时候，燕子就会一起飞往温暖的南方去。那里有一个国家，国王有十一个儿子和一个女儿，国王给女儿取了个非常美丽的名字叫艾丽莎。

十一个王子胸前都佩戴心形的徽章，身上挂着名贵的宝剑。在学校上课的时候，他们都用钻石笔在金制板上写字，他们接受着最优秀的教育。他们都非常的聪明，可以将一本书倒背如流，妹妹艾丽莎坐在一个镜子做的小凳子上，手里拿着一本画册，那其实是很昂贵的一本，需要花去半个王国才能买到的。孩子们过着非常令人羡慕的幸福快乐生活，但是他们不久便失去了眼前所拥有的一切。

有一天，他们的母亲去世了。父王又娶了一位漂亮的王后，事实上这是一个非常恶毒的女人，她根本就不喜欢这十二个孩子。而这一切，孩子们在国王举行婚礼的当天便已很清楚地发觉了。整个宫殿里在举行隆重的宴会，孩子们想要些烤苹果和点心什么的，玩着请客送礼的游戏，但那个恶毒的女人只给了他们一杯沙子，还告诉他们这是非常好吃的东西。她实在是太坏了，连孩子们这个小小的要求也不答应。

她阴险的计划不久就开始一个一个地实施了。只过了七天，她就向国王捏造了一个莫须有的理由，将艾丽莎送到一个乡下农夫那里寄养去了。接着，她又故意在国王面前说十一个王子的各种捏造的坏话，想借此来破坏他们的父子感情，本来十分疼爱王子们的国王也开始对他们冷淡了起来。

“你们马上给我都滚出王宫，自己生活去吧！”恶毒的王后诅咒着他们，“我要将你们都变为一群不会说话的大鸟。”但是，由于她的魔力十分有限，没有实现她想得到的结果。十一个兄弟变成了十一只野天鹅，伴随“噢——噢——”的哀鸣声，一起飞出了王宫，飞过公园，向森林深处飞去了。

当天黑的时候，他们飞到了农夫的小屋旁边，妹妹艾丽莎躺在破旧的小床上正睡觉呢，他们在小屋的上空不停徘徊，并噢——噢——地叫着，仿佛是在要快快唤醒自己的妹妹，又似乎是在对她讲着什么非常重要的事情。可这并未引起人们的注意，野天鹅们只好非常无助地飞走了，飞向高高的云层，飞向那十分遥远的地方，飞进了一座大森林里去，而在森林的另一端就是大海。

农夫的生活非常穷困，没有买过一件玩具给艾丽莎玩儿。她只好一个人坐在破旧的屋子里玩一片很普通的树叶。她用针在叶子上刺了一个小洞，透过小洞去欣赏天空中灿烂的太阳，就如同看到了哥哥们一只只明亮的大眼睛，每当阳光照在她脸上时，她就想起了哥哥们过去给她的吻。

朴素的生活一天天过去了，艾丽莎慢慢长成了大姑娘了。当风儿轻吹过门前的一大片玫瑰花时，不禁夸赞道：“你们都是这样的娇艳，在这个世界上没有谁比你们更漂亮了！”

“不，艾丽莎你自己比我们更美丽！”玫瑰花们摇着头齐声说。

礼拜天，老农妇坐在院子的椅子上诵读着《圣诗集》，风儿吹起书页。她对书说：“你是最圣洁的，没有人比你更好了！”

“不，艾丽莎比我还要圣洁十倍的！”《圣诗集》说。

艾丽莎现在已经15岁了，是她应该回去的日子了。她回到王宫，王后见她不但长得美丽动人，而且气质不凡，就像一位仙女下凡一样，心中便充满了嫉妒和憎恨。她想现在就将艾丽莎变成一只野天鹅算了，跟她的哥哥们一样，但是她有所担心，因为国王现在非常想见自己的女儿。

第二天早上，当艾丽莎依然在睡梦中时，恶毒的王后就蹑手蹑脚地走进了她的卧室，王后走进浴室里，这里的浴缸是用非常名贵的石头砌成的，地上还有非常名贵的毯子。王后从袋子里拿出三只相貌丑陋的癞蛤蟆，她吻了吻它们的头，接着对第一只癞蛤蟆说：“当艾丽莎一走进浴室时，你就跳到她的脑袋上，让她变得跟你一样的愚笨，知道了吗？”随后她又对第二只癞蛤蟆说：“当她站在浴池里时，你就跳到她的脸上，让她变得跟你一样的丑陋无比。”最后她又对第三只癞蛤蟆说：“当她躺在水里时，你就跳到她的胸脯上，使她的心中充满邪恶的种子，叫她永远生活在痛苦中。”

吩咐完这些以后，她就将三只癞蛤蟆放入了浴池里，原本清澈洁白的水立刻就变成了绿色的了。王后将艾丽莎叫进浴池，脱掉她的衣服，让她自己一个人进去洗澡。

艾丽莎站在浴池里时，第一只癞蛤蟆跳到了她的头上，当她躺下的时候，第二只癞蛤蟆跳上她的脸上，接着第三只癞蛤蟆也蹦到了她的胸前。善良天真的艾丽莎当时并没有太在意。当她洗完澡站起来时，池水中漂浮起三朵非常漂亮的罂粟花，而那三只癞蛤蟆也同时踪迹全无了。它们被恶毒的王后吻过之后，就已经中了毒，但毕竟它们是在艾丽莎的身上待过的，又变成了三朵红色的罂粟花——邪恶的巫术在圣洁的艾丽莎身上根本不起作用。

王后的计划失败了，随后她又心生一计。她拿着一种核桃叶涂遍了艾丽莎身体上的每一个部位，使她一下子变成了一个黑人，接着又找来一种气味非常难闻的药膏抹在她俊俏的容颜上，还将她乌黑柔顺的秀发弄得乱糟糟的，撒上木屑和肮脏的灰尘，美丽的艾丽莎忽然间消失了，谁也弄不明白这是从哪个倒霉的地方来的一个流浪儿，只有农夫家里的狗和屋顶上的燕子知道她事实上是艾丽莎。

王后将装扮后的艾丽莎带到了国王面前，国王非常吃惊，非常肯定地说这绝对不可能是他的女儿。可怜的艾丽莎被无情地赶出了王宫。她一边走一边哭，国王的冷酷无情伤透了她善良的心，她更加思念着自己的哥哥们了。

她穿过田野，走过沼泽地，走进了一片大森林，足足走了一天的路程。她不清楚究竟要到哪里去，只是感到非常伤心、无奈和孤独寂寞。她想起自己亲爱的十一位哥哥来了，他们一定都是如此被赶出皇宫的，被迫走进眼前这个纷乱的世界的，她要去找自己的哥哥们，和他们在一起。

天渐渐黑下来了，艾丽莎在森林中好像迷路了，随后她倚着一棵大树坐下来休息了，周围一片的宁静，萤火虫非常好心地飞到这里陪伴她来了，它们举着一个个的小灯笼在她身旁飞来飞去，给她带来了点点光明。

艾丽莎累极了，很快就进入了自己的梦乡。她梦到自己的十一个哥哥了，梦到了以前那么美好幸福的生活了。他们一起做游戏，一起玩耍，一起拿着钻石笔在金板上写字，但是他们在金板上写的不再是算术题和字母而是他们自己经历过的一些令人伤心难过的事情。他们一起阅读那本得用半个王国才可买到的美丽画册，里面的东西都好像一下子有了生命似的，小鸟在歌唱，蜜蜂在采蜜，人也从里面走出来，和他们交谈……然而，只要她一翻开那本书的书页，小鸟、蜜蜂、人，还有许多别的事物就立刻也都跳了回去，一切又好像重新回到了原来的模样。

当太阳高高升起后，艾丽莎终于醒来了。森林中依然有些阴暗，太阳透过浓密的树枝撒下缕缕金线和点点金光。空气非常清新，小鸟站在枝头欢快地歌唱着，还时常飞落在她的肩膀上。她听到溪水在一旁潺潺流动的声音，顺着水声找过去，她发现了一个如诗如画美丽的小湖，湖的上方有几个泉眼，溪水顺势流入湖的怀抱。湖里的水十分的清澈，能够清楚地看到湖底的沙砾，湖水中形形色色的小鱼游来游去。湖的四周长着一圈茂密的灌木丛，在对着泉眼的地方有一个缺口，是被前来饮水的小鹿踩出来的，艾丽莎从这里走向湖边。由于没有风的打扰，湖面平静得好像一面镜子，树木的叶子清晰地倒映在水中。艾丽莎蹲在湖边，水面上映出一张污黑、丑陋的小面孔，她大吃了一惊，连忙用双手捧起水，洗净了自己的脸庞，雪白的皮肤重新显露了出来。随后，她脱下身上的衣服，跳进了清凉的湖水里去了。

沐浴之后，艾丽莎再次穿好衣服，编好自己的发辫。一个圣洁美丽的公主又出现了，世界上再也难以寻觅比她更美丽的姑娘了。她走到泉水边，用手捧着喝了几口水，随后又向大森林的深处走去了。她心中一直想念着自己的十一个哥哥，她不知道该向哪里去，她相信仁慈的上帝一定非常清楚她的遭遇的，定会帮助她的。

她身体十分僵硬地走着，上帝指引着艾丽莎来到一棵苹果树前，熟透的果实压弯了它的枝条，她很轻易地采摘下了它们。吃完一个苹果，善良的公主找到了用作为支架的木棍好去支撑住苹果的树枝，以减轻苹果树身上的重负。然后，她又开始继续前行了。她只听见自己身旁的沙沙的脚步声，哪怕一只小鸟也看不见，高大的树干在四周非常紧密地耸立着，仿佛一排木栅栏，严密的一缕阳光也照不进来，她现在走在这个静寂、幽暗的世界里，感到了一种前所未有的孤独和凄凉。

黑夜又来临了，艾丽莎十分疲乏地躺在一棵粗大倾斜的树干上，心情沉重地盯着天空。今晚一只萤火虫也没有，她觉得头上的树枝也分开了，上帝正在温柔地始终关心她，上帝周围那些可爱的小天使也在一刻不停地注视着她。

第二天早上，艾丽莎醒来后，怎么也弄不清楚自己是在做梦，还是真正看到了上帝和那些小天使。

她继续前行，碰到了个拿着一篮浆果的老奶奶。她非常有礼貌地问老奶奶是否看到过十一个骑马的王子从这里经过。

“没有见过，可我前天发现十一只天鹅在离这里不远的小河里嬉水着呢，每只天鹅都头戴一顶金光闪闪的王冠。”老奶奶说。

艾丽莎请求老奶奶带她去那个地方，老奶奶十分爽快地答应了。她领着公主来到一个小山坡上，小河就在山坡的脚下，小河两岸围着已经长了很多年的参天大树，树枝竭尽全力地向河的对岸伸展过去，去找它们的同伴了，它们互相交叉在一块儿好像在说些什么。

艾丽莎谢过老奶奶，沿着河流一直向前走，终于来到入海口。

广阔无垠的大海一下子就展现在了艾丽莎眼前，海面上风平浪静，空无一物。海滩上有数不尽的非常漂亮的鹅卵石，经过海水日夜的洗刷后变得又圆又滑。那些让风带到此地的石块、玻璃片也都被海水磨出了新的面貌，变得非常柔，叫人心情非常舒畅。

这些非常坚硬的东西，经不住海水无休止地冲击拍打，现在都已经变成非常平滑柔和了。“我要向海水学习，要有坚持不懈的精神，永不放弃的顽强意志，哪怕再大的困难也难不倒我的，总有一天，我会找到我那十一个苦命的哥哥。”艾丽莎暗暗地在自己心底里打定了主意。

潮水将海中的水藻推到了岸边，艾丽莎看见有一根白色的天鹅羽毛在里面，然后她仔细地寻找，一共找到了十一根，她将它们扎成一束时，羽毛上滚动着水珠，不知道究竟是海水，还是泪水。海岸上只有艾丽莎一个人，可她并不感到孤单，因为大海不停地改变着自己的心情，为她驱散着无尽的寂寞和孤独。当一片乌云在海上漂过来时，海水顿时阴沉了下来。这时海风吹了过来，海面翻起了朵朵浪花。太阳西下，晚霞布满了西边整个的天空，风儿渐渐平静了下来，大海好像一片巨大的红色玫瑰花瓣，时而又变成金色或是白色。海面微微起伏，就好像是睡着了的人的胸脯。

当夜幕即将再次来临的时候，艾丽莎发现了十一个戴着王冠的野天鹅朝海岸这边飞了过来，艾丽莎怕吓到它们，就爬到了小山坡上，一个人藏在了灌木丛的后面，野天鹅们一只接着一只落在了地面上，梳理着自己身上的羽毛。天黑下来了，野天鹅们的羽毛马上就脱落了，十一个英俊的王子同时站在了海岸上。

“呀!”艾丽莎大声尖叫了起来，这就是她的十一个哥哥啊，这么多年了，当年的孩童都已长成相貌非常英俊的青年了，但她依然一眼就认出了他们。艾丽莎飞奔到他们面前，逐一喊出了他们的名字，哥哥们也认出了美丽高贵的亲生妹妹，他们激动地拥抱了在一起，时而哭时而大笑，诉说着曾经的悲惨经历。他们弄清楚了，如果恶毒的王后不解除她的诅咒，他们永远也不会回到王宫里去的。

最大的哥哥说：“白天，我们变成野天鹅，不停地在天空中飞行。天黑我们立刻就恢复了人形。因此我们要经常注意落脚的地方，如果太阳西下时，我们依然还是飞在云层里的话，就会变成人掉进大海里。我们的家在海的对面，那里非常的美丽迷人，可就是离这里太远了，中途只有一块落脚的礁石，我们几个人挤在上面暂时休息一下。而当海浪涌起来的时候，水花又要打到我们的身上的。但是，这块礁石对我们实在是太重要了啊，是它让我们见到生养我们的美丽故乡。

“我们通常是在白天长夜晚短的夏天飞回来的，飞一趟要耗去我们两天的时间。我们一年也就只能回来这么一次，在这里停留十一天再飞回去。白天，我们不停地徘徊在森林的上空，看望我们过去生活过的宫殿，还有大教堂和埋葬我们母亲的地方，看见广阔的原野上野马奔跑，烧炭人唱着他的那首老歌，一切都是这样的熟悉。这里毕竟是我们生长过的地方啊，一种非常神奇强大的力量驱使我们不得不回来，哪怕路上有再多的艰难困苦也不怕的。如今，我们又找到了我们唯一的亲妹妹，但是，我们只能在这儿待两天，接着就会飞回那个美丽的国家的，我们没有工具，怎样才能把你也带走呢?”

“有什么办法才能够把套在你们身上的咒语消除掉呢?”艾丽莎非常

关心地问。她太想要哥哥们尽快恢复到人形的状态了。他们几乎聊了整整的一夜，只在天就要亮的时候，休息了一小会儿。艾丽莎被一阵拍打声吵醒了，哥哥们重新又变成野天鹅了，他们在空中盘旋了好几圈，最后才无奈地飞向了远方。但是，最小的那只掉队了，他把头埋在妹妹的怀中了，艾丽莎抚摸着小哥哥浑身上下雪白的翅膀，用纤巧的手指梳理着他柔软美丽的羽毛。整整一天他们都一直相拥在一起。天快黑的时候，艾丽莎的另外几位哥哥也飞回海岸了，夜幕降临后，他们才变成了人形。

“明天我们就要离开了，一年后才能回来的。你一个人待在这里，我们怎么能放心呢。还记得儿时我们抱着你穿过那片大森林吗？现在，我们就用翅膀背着你穿越海洋怎么样？我们相信我们是有足够的力气来完成这件事情的。艾丽莎，你想和我们一起走吗？你有跨越大海的胆量吗？”最大的哥哥语气很坚定地说。

“亲爱的哥哥们，带我一起走吧！我要和你们在一起，今生今世永不分离。”妹妹也非常诚恳地说。

就这样，他们采集了坚韧的芦苇和非常柔软的柳枝，用了一个晚上的时间织成了一张大而结实的网。艾丽莎躺在网里面，不久就朦朦胧胧地睡着了。当太阳浮出海面时，她的十一个兄长又重新变回了野天鹅模样，他们用嘴叼起网，带着熟睡中的妹妹向高高的云层里飞去了，灼热的阳光照在妹妹的小脸上，随后一只野天鹅哥哥飞到她的上空，用自己宽大的翅膀为她挡住强烈的阳光。

当她醒来时，发现白云在她的身边一片一片飘过，她觉得好像就在梦中一样。她看到网子里放着甜草和已经成熟了的浆果，这是细心的小哥哥为她准备的。这时候，他就飞在艾丽莎的上面正在给她遮挡阳光呢，妹妹认出了他，会心地向他微笑了起来。

他们飞离陆地已经很远了，飞得很高很高，也非常快，他们一整天好像就像一只呼啸的箭头，在大海上空飞速前进着。要不是带着妹妹同行，他们会飞得更快一些的，在他们后面聚集起一大块的乌云，艾丽莎小心地向下望去，看到海面上倒映出自己还有十一个哥哥的影子，飞行的行列是如此庞大和壮观，就像一幅美丽的图画，她觉得这比世界上的任何一件东西都要美丽。但是，太阳越升越高了，在他们后面的云也越离越远了，美丽的景象现在已经踪影全无了。

海面上的天气就是这么变幻莫测的，乌云在不知不觉中压上来了，一场暴风雨即将来临了。太阳慢慢地下沉，辽阔的大海上只有一条小船在那里孤独的航行着，没有一只小鸟，没有一块礁石。艾丽莎心急火燎地坐在网上，她知道哥哥们正在用尽全身上下的力气拍动着翅膀呢，她觉得是自己连累了自己的兄长们，要不是有她，他们会飞得更快一些的。她在心里默默地祈祷，但仍旧看不到那块可以落脚的礁石。这时电闪雷鸣，海浪汹涌，暴风雨就要到了。太阳已接近海岸线了，艾丽莎的心在颤抖。突然，野天鹅们俯身向下，快速穿过云层，她觉得自己和哥哥们一定会掉进大海里。不过，他们马上就稳住了。海面上就剩下太阳的半个脸，艾丽莎终于看到了那块救命的礁石了，它看起来是如此的小，比冒出水面的海豹的头只大了那么的一点点。太阳在快速的下沉，他们终于在最后的一缕余晖中，脚踏在了那块坚实的陆地上。

艾丽莎被哥哥们围在了中间，他们紧紧地依偎在一起。无情的风浪敲打着这块礁石，海水飞溅到他们身上。轰隆隆的雷声越来越响了，十二个兄妹在一起非常坚强地唱起了那首赞美诗，在暴风雨中傲然挺立。

晨曦中的大海慢慢地温柔了许多，天空也恢复了往日的平静。当太阳浮出海面时，野天鹅们又带着自己的妹妹再次前进了。

太阳升得已经很高了，艾丽莎看到连绵不断的高山就浮在半空，山顶上还覆盖着银白色的终年不化的积雪，山脚下有一座宏伟的宫殿，整整有三里长，金色的是屋顶，红色的是柱子，漂亮极了。在宫殿前是一大片树林，盛开的鲜花有水车的轮子那么大。

“这就是你们生活的那个美丽国家吗?”妹妹急切地问。

“不是，你看到的只是海市蜃楼，是虚幻的空中楼阁。”哥哥们摇着头说。

艾丽莎紧盯着那个宫殿，忽然，眼前的东西都一下子不见了，取代它们的是十几所雄伟壮丽的大教堂，无一不是高高的尖顶，她仿佛听到风琴的响声了，但那只是她的幻觉而已，实际上她听到的是大海的呼啸声。野天鹅们马上就要飞进教堂里面了，但它们又刹那间变成了帆船，然后帆船也一起消失了。海面上笼罩着一层细细的白雾。艾丽莎被海洋绚丽的变幻莫测给完全震撼了。

经历了千辛万苦，他们到达了那个漂亮的国家。艾丽莎看到了青翠的大山、茂密的大森林、美丽安静的城市和规模宏大的王宫。在黄昏即将来临时，哥哥们带着她来到一个大山洞的面前，洞口滋生着一圈圈样子非常可爱的蔓藤植物，上面还开满了美丽的花朵，就好像一条华丽的帷幔，他们走进了洞里。

“这里就是我们的家了。”最小的哥哥说。他帮助艾丽莎整理好房间，说声晚安就一个人出去了。

“我希望在梦中能够找到解救你们的办法啊。”妹妹心情沉重地说。

她总是在思考着该怎样去解救哥哥们的事情，她虔诚地在默默祈求着上帝，帮助她完成这个神圣的使命。她一直将这件事当作一个非常严肃的事情，无论如何都要完成，即使在梦中，她也不忘记为他们祈祷。一天夜里她梦见自己也飞到了华美的空中宫殿去了，全身散发着光亮的美丽仙女也来迎接她，她的善良有些像那个原来在森林中给她浆果吃的老奶奶的样子。

仙女对她非常和善地说：“我能告诉你解除那些魔咒的办法，可你必须要贡献出自己非常昂贵的代价啊，你有这个勇气吗？”

“再大的牺牲我也愿意，我一定要帮助我亲爱的哥哥们恢复人形。”艾丽莎语气十分坚定地说。

“只要你有这个决心，我就告诉你吧。”仙女继续说，“你的手非常的细嫩，但海水比你的双手还柔和的，它能够不分日夜地拍打那坚硬的石头的，改变它们多样的外表的。但是它没有心，也一直不会感到疲倦的，不会感到疼痛的。但你与它完全不同，你会感到苦恼和痛苦。请看我手中的荨麻，它们身上满是尖尖的刺，你睡觉的洞口旁边就有这种植物。可它们是没有多大作用的，只有长在教堂草地的荨麻才是能使用的。你需要去采下它们，这时，它们会刺痛你的，让你的手起泡的。你要光着脚把这些荨麻一个一个地踩碎，这样就可以抽出麻来了。你将这些麻搓成长线，织出十一件长袖的披甲来，将它们披到十一只野天鹅的身上，这样你就会看见恢复成人形模样的哥哥们了。但是，你一定要记住，从你开始工作，一直到全部完成，不管用多长的时间，哪怕是一年或是更久时间，你都不能张嘴说一句话，哪怕是一个字也不行的，这样都会像一把锋利的刀刺进你哥哥们的心脏。他们的生命都掌握在你舌头上，请你一定要牢记住这一点啊。”于是，仙女让她用手摸了摸荨麻，那感觉就好像是被火烧了一样。艾丽莎马上就醒了，她的手指很疼，枕边还放着一根荨麻。她明白梦中的事情完全是真实的，这是上帝在指引她，帮助她。

天很快就亮了，艾丽莎走出山洞，开始去实现她的这个非常了不起的使命去了。

艾丽莎去附近教堂采了许多的荨麻，她柔嫩的双手一碰到它们，就感到火烧火燎似的疼痛。可为了解救自己亲爱的哥哥们，她不停地将手伸向它们，她的双手和胳膊上都被烧出了许多的泡，她又光着脚去用力踩它们，踩去叶子和它们的皮，还从柔韧的茎叶中抽出一缕缕的麻丝，她将这些麻丝用力地捆好，背回了山洞里。

太阳下山后，哥哥们都全部回来了，他们围在艾丽莎身边东一句西一句的，可她却始终是一言不发。哥哥们都以为妹妹中了王后什么新的魔咒了。但是，当他们发现妹妹浑身上下伤痕累累的双手时，心里也都明白了。他们明白妹妹是在想办法解救他们呢，都十分伤心地哭了。最小的哥哥捧着艾丽莎的手哭得最伤心，他的眼泪滴到妹妹的手上，胳膊上时，非常奇怪的事情发生了，只要泪水落到的地方，水泡和红肿就立刻消失了，艾丽莎也不会感到再疼痛了。

她在地上一刻不停地织啊，织啊，整夜都会不合眼，她解救哥哥的心实在是太急迫了。第二天，她又织了整整的一天，在太阳就要落下山去时，第一件披甲织好了。她立刻又织了第二件，她感到时间从未像今天这样过得这么飞快。

新的一天又开始了，艾丽莎在洞中头也不抬一下地拼命织着衣服，突然，山里传来了狩猎的号角声。接着，猎狗的叫声离山洞越来越近了。她非常害怕起来，连忙将采集来的荨麻和织好的衣服捆扎好，一屁股坐在了上面。

一只非常凶的大猎狗从灌木丛里蹿了出来，站在洞口，随后又蹿出了第二只、第三只，它们对着里面一个劲儿地狂叫。很快，狩猎的人们就赶到了，其中有一位长得非常英俊，他就是这个国家的国王，他走进山洞，看到了美丽得就像仙女一般的艾丽莎。

“多么美丽的姑娘啊，你为什么要待在山洞里呢？”国王问。艾丽莎摇摇头，还是一言不发。因为仙女说过的话，她每时每刻牢记在心。她将自己受伤的双手藏在身后，两只脚缩在了裙子里，她不想让国王发现这一切。

“跟我回王宫吧！”国王非常诚恳地说，“你不该待在这种地方。要是你的心灵像你的容貌那样的高贵、美丽，我就会让你做我的美丽王后，身穿天鹅绒织成的衣服，戴上金制王冠，并且住在华丽的宫殿中。”

艾丽莎哭着不停地摇头，她不想离开这个山洞，不想再次和自己亲爱的哥哥们分开。更关键的是她无论如何也不能丢下眼下正在进行的工作。

国王不顾她的坚决反对，将她抱到了自己的高头大马上，对她说：“我会让你一辈子快乐幸福的，总有一天，你会非常感谢我的。”说完，他也翻身上马了，一行人浩浩荡荡地向山下走去。

黄昏时候，他们来到了一座雄伟的都城里，城里有好多圆顶和尖顶的教堂。国王将她领进了华丽的宫殿中，王宫里的装饰非常的华丽富有，而且还充满着高雅的情调。厅堂是由真正的大理石砌成的，中央还有一个大喷泉，一个个水柱从泉眼里喷了出来，大厅的墙壁和顶子上画着十分漂亮的壁画。可是，艾丽莎毫无兴致去欣赏这些美好的事物的。她还是在伤心地哭泣，因为她无法继续完成她的工作了，而且她似乎再也看不到自己的哥哥们了。

宫中的侍女为她整理着她的头发，还为她插上了各种各样名贵的珍珠，替她拿来了非常昂贵的丝绸长裙，给她受伤的双手还戴上精美的手套。当她出现在大厅时，她的美丽和高贵征服了国王和所有的人，他们一个劲儿地鼓掌，都在向她鞠躬。国王马上宣布要娶艾丽莎为王后，整个宫廷的人都兴奋不已，唯有大主教不赞成这一主张，说艾丽莎是巫婆的化身，是她施展魔法蒙蔽了这里全部的人和国王的眼睛。但是，国王根本就不信他说的话。他下令演奏起了非常热闹的音乐，摆上了非常丰盛的酒席，又下令宫中的侍女来为他们跳舞助兴。

国王牵着艾丽莎的手，带她去看宫中所有的一切，游赏芬芳四溢的宫中花园，但是她的脸上还是没有一丝的笑意，眼睛里也始终是毫无任何的光彩。国王又带她来到了一间外观非常讲究的小屋前，那就是她的卧室。他们推门进去，艾丽莎发现屋子的墙壁装饰着十分贵重的绿色壁毯，地板上还有绿色的地毯，看上去就仿佛她过去住过的山洞一样。一捆抽好的荨麻放在了地毡上，那件织好的披甲挂在了半空中，这不同寻常的布置是跟随国王一起去狩猎的侍卫们帮着设计的，他看见美丽的姑娘总是那么的忧伤，为了让国王看到她的笑容，便想出这个别出心裁的好主意，他开始也是出于好奇，才将荨麻和衣服带回了宫中的。

“住在这里就像回到了那个山洞了，你应该不会再感到陌生了吧。要是你愿意，还可以继续你过去的工作的，回忆过去美好的生活的。”国王很有耐心地说。他终于看到了美丽姑娘的笑容了。

艾丽莎简直有点不相信自己的眼睛，非常动情地抚摸着那些荨麻——她的兄长们又有希望了。她非常感谢国王替她所做的一切，发自内心地吻了一下国王的手。国王将她紧紧地拥抱在了怀里，下令每一个教堂都要敲响钟声，向全城的百姓宣布他要举行盛大的结婚仪式了。这位来自森林中美丽高贵的灰姑娘现在马上就要成为他今生最爱的王后了。大主教在国王的耳边讲了好多有关艾丽莎的坏话，一心想破坏这桩他非常不喜欢的婚事，但是，国王并没有把他说的话放在心上。

婚礼按原来的计划如期举行了。根据程序，大主教要亲自为王后加冕的。当他怀着迫切的心情将王后的金冠戴在艾丽莎的头上时，故意把金冠的帽箍弄得紧紧的，打算让她感到疼痛才好呢，好在众人面前当众出丑。但是，这种疼比起她内心深处的痛苦根本就不算什么的。她一直忍耐着，没有丝毫表现出来，因为哥哥们的生命全放在了她的舌头上。

国王非常地爱自己的哑巴王后，想尽办法要让她高兴。王后的眼睛里也流露出对国王深深的爱意。但是，她明白自己现在肩负着的重任，所以她不得不保持沉默。啊！她多么希望对国王现在就敞开心扉啊，向他倾诉这么多年来自己经历的种种不幸。

每当夜深人静的时候，国王睡着之后，王后就会静悄悄地溜到那间绿色小屋里，手脚并用地编织着那些披甲，可当她织完第六件以后，荨麻却用完了。她明白教堂的墓地里有这种东西，又不得不亲自去采摘。她知道这是一件非常冒险的事情。然而，为了自己的亲爱的哥哥们，她下定决心一定要亲自去教堂。她披上一件黑色的衣服，私自溜出了王宫，带着恐惧穿过了那个非常幽静的公园和空无一人的大街，向那座阴森森的教堂墓地走去了。朦胧的月光下，她看到了一群狰狞的吸血鬼坐在一块宽大的墓上，正在啃噬着刚死去的人的尸体，王后从它们身边经过，它们寒气逼人的目光不停地盯着她。王后害怕极了，唯有一边默念圣诗，一边采集着荨麻，在天亮之前，带着荨麻又偷偷地回到了宫里。

大主教喜欢在别人睡觉的时候出来随便的游荡，王后所做的一切，被他一点不落的都看到了，王后的行为恰好验证了他最初报定的想法。他更坚信王后就是一个巫婆变的了。

他在忏悔室里将他看到的情景都报告给了那位国王，描述得非常的恐怖和刻薄，就连一旁的那些圣像都在一个劲儿地摇头，好像在说："不要相信他的话，王后是完全清白的，她做这件事是有着非常合理的原因!"但是，大教主却将错就错，说众神像都在对王后所犯的罪恶感到恼怒!

国王终于伤心地哭了，他不相信自己深爱的王后竟会做出这样让他伤心的事情来，因为她的容貌是那么的美丽高贵，她的心也应该是非常善良的啊，但大教主的话使他现在也充满了一些疑虑了，他带着沉重的心情回到王宫。当天夜里，他假装睡着了。王后又悄悄地溜出了他们的房间，国王起身跟在她的身后。他看到王后进了那个专门为她设计的小屋，在里面踩碎荨麻，抽出细丝搓成非常多的长线，接下来编织了一件件的披甲，每天晚上，国王都在秘密的跟踪她，看她做这些事情，他的脸色变得越来越阴沉了。

王后观察到了国王的变化了，但是她不明白究竟是什么原因造成的，她的心情越来越沉重了。现在，她不单单为自己的哥哥们担忧了，还开始不由自主地为自己心爱的丈夫担心起来了。她非常痛苦，泪水滴落在紫色的天鹅绒长裙上，变成颗颗善良无比的钻石。她忍受着心灵上的无尽痛楚，依然每天深夜到那间绿色的小屋去编织着那些披甲。荨麻披甲已经织到第十件了，只差一件便能实现最后的使命了，但是荨麻又没了，她不得不再去教堂最后一次了。想到这样让人感觉到恐怖的地方，她就全身抖个不停，可是为了亲爱的哥哥们，她又鼓起了勇气，硬着头皮去了。

深夜里，她又披上了那件黑衣，悄悄地溜出王宫，向教堂走去了，国王和大主教都在尾随其后。他们发现她走进了教堂墓地的大门，发现她向一群面目狰狞的吸血鬼走了去，因为那些需要的荨麻就长在它们的旁边。国王转身头也不回地离去了，他真希望自己眼前看到的一切都是假的啊，想到这个日夜陪伴在他身边的王后，竟然会心甘情愿地和吸血鬼在一起，他的心简直都要碎了。

“让众人来审判她吧！”国王非常伤心地说。

众人决定用火刑来处死她。

艾丽莎被关入了阴暗、潮湿的地牢里，这里没有床，也没有睡觉用的被子。侍卫将她织好的麻衣和荨麻扔给她就走了，艾丽莎庆幸自己的工作依然还是可以继续下去，于是她又继续编织了最后一件麻衣。全城的老百姓都在背后议论着她，淘气的孩子们唱着嘲笑她的各种版本的歌谣，没有一个人来安慰她，也没人为她说一句好话。

就在深夜渐渐降临的时候，她听到地牢的天窗外有天鹅不断扇动着翅膀的声音，她明白是自己的哥哥们来找她了，她快乐地流下了滚烫的热泪。她明白这是自己一生中最后的一个夜晚了，可她一点也不感到伤心，因为她的愿望马上就可以实现了，而且哥哥们就在她的旁边呢。

国王让大主教去陪伴艾丽莎度过生命中最后的时光。大主教来到艾丽莎的面前，艾丽莎用眼睛和手示意让他离开这里，她不想有人耽误她要进行的工作，她必须将最后一件披甲也编织成。大主教对她讲了许多恶毒的话后就离开了。她一刻不停地编织着最后一件披甲，小老鼠跑来帮她叼着一根根的荨麻，画眉鸟在天窗外为她唱着非常好听的歌声，动物们的行为极大地鼓舞了艾丽莎战胜一切困难的信心和勇气。

当太阳就要从东方升起来的时候，艾丽莎的十一个哥哥来到了宫殿前，请求见国王一面。但侍卫们死活都不答应，他们说天还没亮，国王还在睡觉呢。艾丽莎的十一个哥哥非常诚恳地苦苦哀求，最后迫不得已进行了恐吓，可侍兵们就是不答应，最后还是将国王给吵醒了。这时候，太阳升起来了，十一个兄弟忽然间又消失了，十一只野天鹅盘旋在王宫的上空。

全城的老百姓都在朝城外的刑场走去了，他们都想亲眼瞧瞧这个巫婆被火烧死的情景是个什么样子。艾丽莎穿着破旧的衣衫坐在囚车里，她漂亮的秀发变得乱蓬蓬的，脸色非常的苍白，看上去也非常憔悴，哪怕在死亡的路上她依然在编织着最后一件披甲，心里还念念有词。她是在祈求上帝帮助她实现这个她最后的愿望呢。

“快瞧，那个巫婆就要被处决了，还在念着邪恶的咒语呢！”有人大声叫道，“她手里拿的并非是什么《圣诗集》，是有巫术的妖物，快将它抢过来，撕成碎片！”接着人们都一起涌向了囚车，打算去抢艾丽莎正在编织的那最后一件披甲，好把它撕成碎片。忽然飞来了十一只野天鹅，落在了囚车的四周，它们怒气冲冲地拍动着宽大的翅膀，人们被吓得退回去了。

“这是上帝的意思，她肯定是无辜的。”人们都在一旁窃窃私语。

行刑的地方到了，刽子手们来到了囚车旁，紧紧地抓住艾丽莎的双手，想将她拖到高高的柴垛上，艾丽莎用尽全身的力气挣脱了他们的手，她立刻把十一件披甲抛向了那群野天鹅，奇迹真的发生了，十一位高大英俊的王子站在了人们的面前，最小的王子只有一只翅膀，因为艾丽莎还没有织好那最后的一只袖子呢。

“现在，我终于能够开口说话了，我是无辜的，我是无罪的！”艾丽莎哭着说。

人们被眼前所发生的一切惊呆了，他们马上明白了是到底是怎么一回事了，纷纷向这位圣人下跪，但是艾丽莎却由于过度的劳累、焦虑、悲伤和惊吓昏了过去，她倒在了哥哥们的怀里。

“她是一个多么善良的人，她是完全无辜的。”最大的哥哥十分伤心地说。随后，他把他们遇到的一切的苦难从头到尾完完整整地说了一遍。伴随他的讲述，一缕缕浓浓的花香四散开来了，原来是围绕在刑场四周的一根根木桩还有火刑垛子上的木柴都在非常神奇地生出根须来了，还长出了树杈，抽出嫩绿的绿叶，开出了各种漂亮的花朵。其中一支白玫瑰长得最大最漂亮了，射出的光辉仿佛就像一颗颗天上的小星星。国王摘下了花朵，放在了艾丽莎的胸前，希望她能宽恕他的过错。

美丽的艾丽莎终于苏醒了过来，她的脸颊变得红润起来，心中充满了无比的幸福。就在这时，每个教堂的钟全都响起了非常好听的钟声，声音悠扬庄重。一群鸟儿在天空久久地盘旋着，全城的老百姓护送国王和他们无限热爱的王后返回了宫殿，这样盛大的场面简直是绝无仅有的啊。

# 丑小鸭

乡村的夏天是令人陶醉的：绿油油的小麦，金黄金黄的稻田，牧场上那堆积如山的草垛，呈现出一片生机盎然的景象。一群群鹳鸟无忧无虑地散着步，相互述说着他人根本无法听懂的埃及话①。鹳属于候鸟的一种。在埃及繁育，它们跟鹳妈妈学会了这种独特的语言。

牧场旁有一个很大很大的树林，树林里有许多大小不等的水塘。与城市中拥挤的生活相比，乡村的生活简直是舒适惬意极了。

明媚的阳光照射在一幢老房子上，一条清澈见底的小溪围绕在房子周围。在小溪和房子之间长着一片大长叶子的牛蒡。可能是生长得非常茂密的缘故，显得略微有些荒凉，有点人迹罕至的味道。一只母鸭子将巢安置在这里，现在它正在做一件光荣又伟大的事情——孵小鸭子。它已经很累了，炎热的夏日，别的鸭子都忍受不住燥热，纷纷待在小溪中消暑。

小鸭子离出壳还有些日子，鸭妈妈耐心地守候着，精心照料着。终于有一天，鸭蛋一个一个地裂开了，一只只小鸭子从里面钻了出来。“嘎、嘎……”地叫唤着。鸭妈妈召唤她可爱的小宝贝儿，告诉它们别四处乱跑，因为初涉世事的它们对这个新世界还不甚了解。鸭宝宝们纷纷围在妈妈周围，不停地打量着这个崭新绿色的世界，鸭妈妈很高兴孩子们能这样做，因为多看绿色的东西对它们的眼睛有好处。

“哇，这个世界真大，真漂亮呀!”鸭宝宝们七嘴八舌地说着。过去它们一个一个地蜷缩在蛋壳里，如今终于可以无拘无束地伸伸懒腰了。

“孩子们，你们看到的不过是世界的一角。世界到底有多大，我也不太清楚。小溪的尽头是庄主老爷的土地，那里我也没去过。你们都在这里

---

① 据丹麦的民间传说，鹳鸟是从埃及飞来的。

吗？”鸭妈妈说着站起身，这才诧异地发现仍然有一只特大的蛋躺在那里一动不动。鸭妈妈叹了口气：“我已经累得疲惫不堪了，可又有什么办法？”它只能又坐了下来。

鸭妈妈的朋友来看望它了：“怎么样，都出来了吧？”

“哎，还有一只非常大的蛋没有出来啊。还是先看看这群淘气的小家伙们吧，瞧，它们多可爱啊，多么像它们的父亲。可这个坏蛋从来都不亲自来看看我和这些新出世的孩子们。”鸭妈妈说道。

“让我瞧瞧这只难孵的蛋，说不定是一只火鸡蛋呢。”鸭大婶说，“我过去就遇到过这种事，费尽力气将它们孵出来，可都怕下水，不管怎么打，怎么教育，都没用，真让我没有一点儿办法。来，让我瞧瞧——果然是火鸡蛋！你也不用费力气了，将它撂这儿吧，领着孩子们下河去吧，教它们学游泳！”

“我都孵了这么长时间了，就让我好人做到底再多孵几天吧！”鸭妈妈不忍心丢下这只尚未出壳的小生命。

在鸭妈妈的百般呵护下，那只蛋的蛋壳终于裂开了。一只灰不溜丢，全身湿淋淋的小家伙爬了出来。母鸭看着这只又大又丑的小鸭，嘴里咕哝道：“尽管和它的哥哥姐姐们长得很不同，但我肯定这绝对不是一只火鸡。好吧，我马上将它踢到河里去。”

第二天，天气晴朗，风和日丽。阳光透过肥大碧绿的牛蒡叶，照在鸭宝宝们的小身子上，小鸭子们嘎嘎地叫着跳着，个个神采奕奕，精神抖擞。鸭妈妈领着孩子们来到小溪边，自己先跳下水做示范，接着叫孩子们逐个跳下来。游泳是小鸭们天生的本领，刚跳下水就不见了踪影，很快，一个个小脑袋逐个冒了出来，自由自在地划着小翅膀，摆动着小腿儿。鸭妈妈一直仔细观察着那只又大又丑的小鸭，“它不是火鸡，它就是我的孩子，看它游得挺稳当的，多么自然啊！仔细上下打量一番，它长得也不算丑，还挺漂亮的。亲爱的宝贝们，来，跟我走，我领你们去养鸭场啊，介绍一些新伙伴给你们认识，记住，千万要跟紧我哦，还要小心可恶的野猫！”鸭妈妈说道。

鸭场里正闹得开锅呢，几只鸭子为争夺食物大打出手，最后食物被钻了空子的猫乘机叼走了。

“宝贝们，看到了吗？世界就是这么残酷啊！……”鸭妈妈说着，嘴角流出了些许口水，为了孵小鸭，她也很久没有吃鳝鱼头了啊。“好吧，我领你们去见见我的好朋友，你们要有礼貌啊。”鸭妈妈忽然严肃起来，“记住，遇到腿上系红布条、年纪较大的鸭夫人必须要鞠躬，它们出身名门，都是西班牙血统。它的主人非常喜爱它，不想它走丢了就个个给系上了红布条。这些贵妇们长得非常胖，由于它们都有特殊照顾，无须为自己捕捉食物而操心。……嘎嘎，走路时两腿要尽量分开，要有绅士风度。好，都过来，练习鞠躬。”

好多鸭子都围过来议论纷纷：“又来了这么多小鸭子，我们的食物还不够呢，大家你争我夺的真没劲儿呀。瞧那只小鸭子长得真与众不同啊，又大又丑。”立刻，一只公鸭子扑向了丑小鸭，在它脖子上狠狠地咬了一口。

“请你们不要欺负它，它又没妨碍你们什么事。”鸭妈妈生气地说。

“可它长得怪模怪样的，因此就要挨打。”公鸭说。

最有权威的鸭夫人走过来，说：“你的孩子们都非常漂亮，可就有一只不怎么样，我希望你将它再孵一次。”

“哦，夫人，这样的事实已经难以改变了啊。”鸭妈妈非常恭敬地回答说，“它尽管长得相貌丑陋，可心地善良，身体健壮，游泳的技术也非常好。我想，它也许是在蛋壳里待的时间太长了，身体发育得有点儿异常了吧，过一阵子它就会越来越漂亮了。”说着，鸭妈妈慈爱地用嘴巴梳理丑小鸭的羽毛。接着，它又说：“它是只小公鸭，重要的不是外表，而是心地善良啊。只要身体棒，心眼好，以后绝对会对社会有作为的。”

“既然互相都认识了，请别客气啦，就像在自己家里一样。要是找到了好吃的东西，比如鳝鱼头什么的就马上给我送来啊。”说完，鸭夫人离开了。

鸭妈妈带领孩子们终于在鸭场里安了家。可怜的丑小鸭不但受到了鸭子们的欺负，甚至隔壁的鸡也取笑它。鸭大婶以前提到的那只火鸡，因为天生腿上有红色的斑点，就自以为高人一等，自称为王了，见到丑小鸭，鼓起全身的羽毛，满脸通红，气焰嚣张地扑了过来。

丑小鸭吓得一下子不知所措，也找不到藏身之所，吓得直哭。这种状况后来变得越来越严重了，不仅别的鸡鸭嘲笑丑小鸭，即使它自己的亲生哥哥姐姐们也嫌弃它，甚至希望它被猫叼走吃了才好呢。最后丑妈妈也腻烦了，赶它走，让丑小鸭自谋生路去吧。

鸭子们咬它，鸡啄它，猫恨不得一口吞了它，即使主人家的女佣也用脚踢它。可怜的丑小鸭呀，身心俱疲，在这里实在是待不下去了，最后它选择了默默地离开。

丑小鸭来到了林子里，所有的小鸟都吓得飞走了。“小鸟也不理睬我。”它心里想着，继续向前走着。它走啊，走啊，来到了一片沼泽地，这里住着好多好多的野鸭子。这时天都黑了，丑小鸭已经走得疲惫不堪了，便躺在这里睡了一夜。

第二天一大早，野鸭们发现了它，就问丑小鸭来自哪里。

丑小鸭非常有礼貌地向它们鞠躬，说自己由于迷了路才来到这里，至于自己是谁，它自己也不清楚。

“你长得真丑，只要你不同我们种族的姑娘结婚，跟我们也没有关系。”野鸭们说。

可怜的丑小鸭根本就没有那样大胆的奢望，它只希望能在这里有口水喝就行，有地方睡觉便知足了。它真是太累了，整整睡了两天两夜。后来是两只年幼的小野鹅将它从睡梦中唤醒的。它们刚刚出生不久，非常可爱。“喂，丑八怪，我们喜欢你，你愿意跟我们去这附近的另一块沼泽地吗？那里住着好多可爱的小伙伴儿，也会说‘嘎’！你丑陋的容貌说不定会给你带来好运气呢！”它们说。

“叭、叭”两声枪响，就见两只野鹅飞起来，又重重地摔在了芦苇丛里，它们被打死了。成群的野鹅从芦苇丛中飞了起来，接着又是一阵密集的枪声从四面八方响了起来，原来是有人在打猎。猎狗“汪、汪”地叫着，叼起一只只猎物交给了它的主人。丑小鸭吓得将头藏在翅膀下动也不敢动一下，突然，它的耳旁传来了一阵粗笨的呼吸声，一条大狗穷凶极恶地站在丑小鸭的面前，舌头耷拉在嘴外面，锋利的牙齿闪着寒光。丑小鸭吓得浑身抖成了一团儿，可不知怎么回事那条大狗跑开了，没有理睬它。

“哦，谢天谢地啊！”丑小鸭兴奋地说。接着它又自嘲道：“我真是丑啊，连狗都不想吃我啊。”子弹声还在不停地响着，丑小鸭躺在那里，直到听不见了枪声，它才小心翼翼地站了起来，四处瞧了瞧，觉得没有什么异常了，才迈开小腿儿，拼命地逃离了这个危险的沼泽地，这时天都快黑了。

当天完全黑下来的时候，丑小鸭跑到了一间破烂不堪的小茅屋前。突然，天上刮起了大风，吹得它站不起身，它不得不靠着小茅屋避避风。房子的门半开半掩着，留有一条宽宽的缝隙，丑小鸭从门缝中钻了进去。

屋子里住着一位年迈的老奶奶，还有一只母鸡和一只猫。老奶奶称母鸡叫矮子咯咯，因为它的腿非常的短，但它非常高产，一天一个蛋蛋，从不间断，所以深得老奶奶的欢心。那只猫有一身光滑的毛皮，经常拱着个背，嘴里发出呼噜呼噜的声音，也很讨得老奶奶欢喜，老奶奶待它们就像待自己的孩子一样。早上，老奶奶在屋门口看到了丑小鸭，因为她的眼睛不怎么好，还以为是一只小母鸭呢，高兴地说："太好了，不久我就有鸭蛋吃了啊！"

很快三个礼拜过去了，老奶奶没有看到一个鸭蛋。"这绝对是只公鸭。"老奶奶嘀咕着。猫和母鸡依仗着老奶奶的宠爱，说话的声音很是盛气凌人，常常以主人的身份自居，它们不允许丑小鸭有自己的个人观点。

"你会生蛋吗？"母鸡质问丑小鸭。因为母鸡可以生蛋，便觉得自己是这个家中最大的功臣。

"不会。"丑小鸭小声地回答。"那就请你闭上你那难看的嘴巴，你在我们这个家里没有说话的权利。"母鸡不依不饶地说。

"你会拱背吗？你有光滑的毛皮吗？"猫也向丑小鸭挑衅道。

"没有。"丑小鸭小声地答道。

"你给我记清楚了，当高贵的绅士跟淑女说话时，闭上你的臭嘴巴。"猫与母鸡真是毫不羞耻，还给自己封了两个那么动听的称号。

丑小鸭蜷缩在房间的角落里，很是苦闷。突然，它想起了明媚的阳光和清澈的溪水，它想去水里游泳，便鼓起勇气对母鸡说出了自己的想法："我要去游泳。"

"你没事闲得才会有如此愚蠢的想法，你要向我跟猫学习才是，生生蛋或拱拱背才是正事嘛！"母鸡教训了丑小鸭一番。

"但游泳多好呀！碧绿的溪水，优美的睡莲，浓密的芦苇丛，潜到水底还能看到各种不同种类的小鱼小虾。”丑小鸭说。

“听起来多好呀!”母鸡嘲讽着说，“我看你脑子有问题吧，你可以去请教请教猫，它是我认识的朋友中最聪明的，问它是否喜欢去水里游泳?你还可以去问问老奶奶，她的见识多，是否也想去游泳?”

“你们根本就不理解我。”丑小鸭说。

“难道还有谁比我们更了解你?你比老奶奶还有猫先生更聪明?更别说我了。你需要好好地感谢上帝，让你有了一个温暖的家，有高贵的绅士和漂亮的淑女与你为伴。你要以我们为榜样，学会生蛋、拱背，干点有社会意义的事情，你要明白，我说这番话都是为了你好啊。”

“我想我最好还是离开这里吧，到外面的世界去。”丑小鸭说。

“真是无药可救了，走吧，没有人会留你的，小丑八怪!”母鸡说。

于是丑小鸭离开了老奶奶的家，到有水的地方去了。它在水里游啊游，要么潜入水底，要么浮出水面，快活得好似小神仙。就这样没多久丑小鸭便来到了一个宽阔的湖泊里，这里有好多好多的鸭子在戏水，可由于丑小鸭相貌丑陋，没有一个鸭子答理它，丑小鸭非常伤心。

一转眼，秋天到了。树上的叶子渐渐地变成黄色了，风一吹，树叶摇摇晃晃地飘落到地面上。深秋的天气说变就变，刹那之间天空中乌云密布，大粒儿大粒儿的冰雹砸了下来，气温也非常低。候鸟们都已飞到了温暖的南方去了，就剩下乌鸦待在光秃秃的树杈上“哇、哇”地叫个没完没了。在如此恶劣的天气里，丑小鸭的日子更加难熬了。

一天傍晚，落日西沉了下去，忽然有一群身姿优美的大鸟从红彤彤的云朵后面飞了出来，它们的脖子又长又软，有一身洁白的羽毛。它们时而昂首飞上空中，时而飘落在湖面嬉戏打闹。这是美丽的天鹅啊，它们盘旋在天际，“哦、哦”地呼朋唤友，去温暖的国度过冬喽。

丑小鸭以前从来没见过天鹅，它呆呆地看着这群大鸟，身子不由自主地在水中打转，它伸长脖子，突然发出了一声刺耳的叫声，连自己都觉得纳闷。

身姿优美的天鹅们给丑小鸭留下了永不磨灭的深刻记忆，尽管它并不知晓它们的名字，它一见就喜欢而且想念这群天鹅。丑小鸭根本就不敢奢望有天鹅一般美丽的容貌，只求其他的同类不赶它，不欺负它，就心满意足了。

冬天不久就悄然而至了，湖水开始渐渐结起了冰。丑小鸭活动的范围越来越小了，它不停地游来游去，一来是怕自己冻僵；二来更是为了弄破那冷飕飕的冰面，让自己暖和暖和，最后它终于没力气了，累倒在了一旁。

一天早上，一位农夫发现了冻僵了的丑小鸭，就好心地敲破冰面把它救了出来带回了家。

丑小鸭经过女主人细心地照料慢慢苏醒了过来。农夫的孩子也过来和它玩耍，可它却吓得飞进了牛奶桶里。因为它还以为孩子们要打它呢。女主人尖叫起来，丑小鸭上蹿下跳，打翻了黄油碗，接着又掉进了敞开的面袋子里，费力地爬出来时，女主人恼怒地拿着一根大木棒想一棒子打死它，它急忙冲出大门，一头扎进了屋外的灌木丛里，吓得昏死了过去。

在这个漫长的寒冬里，可怜的丑小鸭尝尽了人世间各种苦难，真是一言难尽，可它却依然顽强地活了下来。

春天来了，万物复苏，大地回春，鸟儿开始在枝头歌唱的时候，丑小鸭已经能够展翅飞翔了。

丑小鸭在不知不觉中学会飞了，它发现自己的翅膀强壮有力，在蔚蓝的天空中自由自在地飞啊飞啊，无意间来到了农场的上空。牧场上的苹果树开满了白色的花朵，弯弯曲曲的小溪流向远方，空中散发着初春泥土的芳香。湖面上正游动着几只身姿优美的天鹅，轻盈而高贵。丑小鸭认出了它们，心里不禁一颤。

“尽管我长得很丑，但我还是想接近它们，哪怕被它们咬死，也比那些欺负我的鸡鸭要好上百倍。”它轻盈地落在湖面上轻轻地朝美丽的天鹅们游了过去，天鹅们发现了它，也展开翅膀迎了过来。

“请撕碎我吧！”丑小鸭自卑地低下头等死。奇迹发生了，清澈的湖面上倒映出一只美丽的白天鹅，原先那只又大又丑的丑小鸭早已面目全非了。如今它已是一只美丽、高雅的白天鹅了！当然，这个令人陶醉的名字它是后来才知道的。那几只天鹅围在它身边，用长嘴善意地亲吻着它的脸颊，用它们的翅膀轻轻地抚摸着它。

它是一只名副其实的白天鹅了，虽然它出生在鸭棚里，但它过去在哪里待过都是无关紧要的。

在岸边嬉戏玩耍的小男孩们忽然大叫起来：“快看，快看啊，又来了一只新的白天鹅，它比任何一只都美丽、漂亮、尊贵、年轻啊。”人们闻讯都赶了过来，纷纷将手中的面包渣、饼干渣抛到湖水中，以示他们对丑小鸭的欢迎喜爱之情。

小天鹅不好意思地又低下了头，把自己的脸藏到了翅膀下面。它现在简直是太幸福了，一切过往的种种苦难都早已离它远去，美好的未来正朝它招手。丑小鸭激动地流下了热泪。童年苦难的生活它永远都不会忘记的，但它坚信以后的它一定会拥有一颗善良而又谦虚的仁爱之心。它昂起长而柔软的脖颈，挺起胸膛，发自内心地欢呼：“丑小鸭终于变成白天鹅了!”

# 小伊达的花

“我那些可怜的花全死了，”小伊达沮丧地说，“它们昨天晚上还是那么的美丽，可现在所有的叶子都变得枯黄，没有了生气，凋零了。它们怎么会这样呢？一点也不关心我对它们的感受。”她问坐在沙发上的看上去很有知识的大学生。她从内心深处对这个大学生喜爱有加，因为他常常给她讲许多这个世界上非常生动有趣的故事，还能剪出栩栩如生充满生气的画给她，比如一位衣冠楚楚美丽的跳舞女郎，或者一朵娇艳的鲜花——他真是一位让人无限怜爱的大学生啊。“今天花怎么看上去如此憔悴呢?”她指着一束已经枯萎的花，不厌其烦地又问了一遍。

“你不清楚为什么吗？你应该知道啊！”大学生说，“这些花昨天夜里去参加了舞会，玩到很晚才回家呀，所以很自然地就没有了生气像木偶般耷拉着脑袋。”

“可花不会跳舞啊?”小伊达难以置信地大叫起来。

“当然会跳舞了，”大学生信心百倍地说，“天一黑，等每个人都睡着了，它们就会如同小精灵般兴高采烈地到处活蹦乱跳起来。它们简直每天夜里都开舞会。”

“那花儿中的小孩子也能参加这些盛大的舞会吗?”

“完全没问题，”大学生说，“小雏菊和铃兰就穿着华丽的礼服参加过舞会。”

“这些好看的花都在什么地方跳舞呢？我怎么一点都不知道呢?”小伊达好奇地追问道。

“你不是时常看到城门外那座威严的王宫吗？国王夏天每隔一段时间会来这里避暑，那里的漂亮花园开满了五颜六色的花。你难道没有用面包喂过那里的天鹅吗？当它们朝你游过来时，那些娇艳的花儿们就会在那里开盛大的舞会，请相信我的话千真万确。”

“昨天我还和我妈妈到那漂亮的花园去过了呢，”小伊达百思不得其解地说，“可树上每一片叶子都落下来了啊，花一朵也没有留下。它们究竟跑到哪里去了？夏天里我常常看到这样的花，没有什么与众不同的地方啊。”

“它们都在王宫里，”大学生用十分确定的口气回答，“你必须知道，国王和所有的臣仆一回城里，这些花立刻就离开了花园争先恐后地跑进了王宫，你真该好好地去看看它们举行盛大舞会的场景。两朵最妖魅的玫瑰花端坐在王位上，被尊为国王和王后。接着，所有的红鸡冠花分列两旁，向它们尊敬的国王和王后致以最崇高的敬意，这些不用多说就是侍臣了。然后，那些美丽的花迈着轻快的步子走了进来，盛大的舞会就这样要拉开帷幕了。蓝色的紫罗兰是小小的海军军官，它们跟风信子和番红花小姐正在那边翩翩起舞，跳得很起劲儿呢。郁金香和卷丹老夫人优雅地坐在一旁看着它们跳着，这所有的一切都非常合乎规矩，也是合乎礼仪的。”

“但是，”小伊达犹豫地说，“在王宫里没人会来干涉这些花跳舞吗?”

“它们在那里跳舞，竟会没有任何人知道吗?”大学生确定地说。“王宫的看门老头晚上要例行公事到各处巡查，有时他也偶尔要进来瞧一瞧。可他带着一大串叮叮当当的钥匙，那些花一听到钥匙哐啷哐啷的响，就知道该稍微躲一躲了，纷纷跑到长帘后面悄无声息地躲了起来，好像什么事情都没发生，只是把脑袋探出来偷偷看。看门老人只是悻悻地说：‘我在这里闻到了醉人的花香。’可他是根本无法看到这里刚才发生的一切。”

“噢，真是太棒了，简直无法让人相信啊！”小伊达拍着手说，“我也可以去看看这些神奇的花吗?”

“可以，”大学生说，“下次再去的时候你只需记住，悄悄往窗子里面看，你就一定能看到它们的。我今天就是这么做的，我还非常惊奇地发现，一朵长长的黄百合花伸展着身子优美地躺在沙发上。它可是宫廷中的贵妇人啊。”

“植物园的花离王宫那么远，也能去参加这些舞会吗?”小伊达继续问道。

“噢，当然没问题了，”大学生说，“它们什么时候想去就可以去的，因为它们能非常自由自在地飞翔啊。你没见过那些样子仿佛花一样美丽的红蝴蝶、白蝴蝶和黄蝴蝶吗？它们过去都是出身名门的花。它们离开它们的梗子飞起来后，扇动着它们的花瓣，就仿佛这些花瓣是它们天生飞翔的小翅膀，这一切也许都是上帝的造化啊。而且如果它们品行端正的话，它们还可以在白天里飞行呢，这样就不必待在它们的梗子上纹丝不动了。就这样，它们的花瓣也就变成了名副其实的翅膀了。但是，植物园的花或许从来没有亲身到过王宫里，因此它们根本不知道在那里晚上会举行如此盛大的舞会。我来告诉你如何行事，这样住在附近的那位植物学教授一定会感到非常的惊奇。你跟他很熟，对吗？你下次到他的花园里去的时候，一定会悄悄地告诉其中的一朵花，说王宫里要举行盛大的鲜花舞会，那朵花就会告诉花园中所有的花，它们不久就会像王宫前的那些花一样纷纷扇动着自己的翅膀飞到王宫去。等教授走进他的花园，那里已经没有一朵花的踪影。他当时肯定会大惊失色，不明白这些花都去了哪里。”

“不过，花怎样才能相互转告呢？花又不会说话呀？”

“当然，很显然不会，”大学生回答，“但事实上它们是能够做各种不同姿势的动作。风吹的时候它们摇动着绿叶，不停地摆动着身体，相互间点头仿佛在致敬，你不是经常看到吗？”

“那么教授能懂得植物之间的暗语吗？”伊达问道。

“对，他肯定懂得。他有一天早晨走进花园，发现一棵有刺的荨麻用叶子对一棵漂亮的红色康乃馨做只有它们才能够相互理解的动作。那动作的大意是说：‘你那么美丽，我非常爱你。’可是教授非常不喜欢这类在他看来没有实际意义的事情，所以他用拍手的方式示意荨麻停止它的举动。这时候它的叶子，也就是它的手指，狠狠地刺向了他，刺得他从此再也不敢摸荨麻了。听起来是不是很有趣啊？”

“噢，真是很有意思啊！”伊达说着开怀大笑起来。

“怎么能将这种无聊的东西灌输给一个孩子呢？”一名来做客的律师坐在沙发上不耐烦地说。他非常不喜欢这个大学生，看见他剪出滑稽好玩的画来，就是一番不恰当的评论。那大学生剪出来的，要么是一个人惨不忍睹的被吊在绞刑架上，手里捧着一颗心，仿佛他过去在偷窃这种东西，要么是一个女巫骑在扫帚上在天上横冲直撞，她的鼻子里放着她的丈夫。律师不讨厌这种开玩笑的东西，但也不是非常乐此不疲，一看到了就会跟刚才一样说:“怎么能把这种胡闹的东西灌输给一个孩子呢!这些东西听起来简直是太没有什么实际意义了啊!”

小伊达可不这样认为，大学生给她讲的花的故事都是极其滑稽有趣的，她对它们也产生了一些美妙幻想。那些花之所以耷拉着头，是因为它们通宵跳舞，几乎使尽了浑身力气，极可能是病了，所以她将它们拿进了房间。房间里有好多的玩具，都被整整齐齐放在一张漂亮的小桌上，桌子抽屉里也都放着各种各样好玩的东西。她的玩偶索菲亚一动不动地躺在玩具床上睡着觉。小伊达抱歉地对她说:“索菲亚，你不得不起来了，今天晚上你只好委屈一下自己躺在抽屉里睡一晚上了，这些可怜的花病了，它们不得不躺在你的床上休息养病，这样它们也许会慢慢恢复起来。”于是她将玩偶拿起来了，玩偶看上去非常不情愿，一言不发，因为她不得不离开自己的床了，心里必然很不高兴。伊达将那些花小心翼翼地放在玩具床上，用被子轻轻地盖在它们上面。然后她叫它们乖乖地躺着别动，为它们倒了些茶水，生怕它们渴着。她细心照料着它们，希望它们的身体能尽快康复起来。第二天早晨起床。她将床四周的床幔拉上，不让太阳光照到它们的眼睛里。她自己回卧室上床之前，还从窗帘后面偷看了一下外面有着各种各样、千姿百态花卉的花园，那里有很多她妈妈亲自种的漂亮花，有风信子、郁金香和许多别的花。同时她轻轻对它们说:“我知道你们今天夜里又要去参加你们的盛大舞会的。”那些花其实不理解她的意思，叶子也没动，但是伊达依然坚信自己的想法。她躺下了很久一直辗转反侧睡不着，要是所有美丽的花都还在国王的花园里跳舞，那个场面该是多么华丽壮观啊。“我不知道我的花是否真的到过那里，”她想着想着，不知不觉中进入了梦乡。半夜里她惊醒了，她在梦里真的见到了那些花和那个大学生，还见到了那位责怪大学生、令人厌倦的律师。伊达的卧室里好像从来没有像今天晚上这么安静过。过夜的灯，静静地在桌子外面亮着，她的爸爸妈妈还认为她早就进入了自己的梦乡了。“我不清楚那些花是不是还安安静静在索菲亚的床上躺着!”她心里反复地合计着，“我想去搞清楚这一切。”她起身要去开那间屋子的门，事实上门是半掩着的，她仔细倾听着一切可能听到的声音，似乎有谁在那房间里弹钢琴，弹得如此的轻柔，但比她以前听到过的更美妙动人。“所有的花这时候一定都在里面跳舞呢，”她想，“噢，我多么想看看它们现在到底是什么样子。”可她不敢轻举妄动，怕吵醒爸爸妈妈。“要是它们能到这儿来就好了，”她又想，可它们没有来，只是琴声仍然和往常一样悦耳动听。她再也抑制不住自己的情绪，从小床上慢慢爬下来，蹑手蹑脚地挪到了房门口，偷偷地朝那房间里看。噢，那该是多么美丽的景象啊！房间里的灯虽然没有亮，但是月光透进窗口照在了地板上，房间简直亮得像白昼一样。每个风信子和郁金香在房间里分列成整整齐齐长长的两排，窗台上一朵花也不剩，每个花盆里都空荡荡。花正在地板上翩翩起舞，旋转着，转身时还互相挽着它们的绿色长叶。钢琴前坐着一朵恬静的黄百合，小伊达断定这朵恬静的黄百合她曾经在夏天见过，她依然记得大学生说过它很像伊达的朋友莉娜小姐。当时大家都取笑她，可如今小伊达觉得这朵长长的黄花确实非常像那位貌美年轻小姐。它弹起钢琴的姿势就是这个样子的，和着音乐的节拍还频频地点着头。随后，伊达发现一朵紫色的大番红花干净利落地跳到桌子上玩具的中间，轻巧地走到了玩具床那儿，拉开床幔。床上躺着的那些奄奄一息的花，立刻好像又变得鲜活起来，以飞快的动作告诉它们也想要和大家一起跳舞去。那个紧闭双唇、头发乱糟糟的旧玩偶也站起来了，还朝这些美丽的花很绅士地鞠了个躬。它们现在看上去病症已经全无了，身子机敏灵活地跳来跳去，真是快活啊，不过它们全然没有注意到小伊达。正在这个关节眼儿上，好像有什么东西从桌上落了下来。伊达朝那个方向一看，发现一根细长的狂欢节彩棒跳到了群花之中，好像它本来就是花中的一员，但它又光又滑，头上有一个蜡制的身姿轻盈小玩偶，戴着一顶宽边帽，和那个律师戴的帽子相似。狂欢节彩棒用它的三只踩着高跷的红脚轻快地在花丛中跳来跳去，跳起玛祖卡舞时有模有样，蹬得还非常响呢。那些花事实上根本无法跳这种舞，要像它那样跳，它们非得七零八落散了架。忽然彩棒头上的那个蜡制玩偶像变魔术似的越变越大，越变越高，它转身好像有点个人情绪地对纸花说：“你们怎么能将这种没意义的东西灌输给一个孩子？这些全是些已经愚蠢到极点的不切合实际的幻想呀。”这时玩偶的一举一动非常像那个戴宽边帽子的律师，样子也像他那样说起话来带有一些火药味，可那些纸花一敲打他的瘦腿，他就又变得比以前小多了，成了刚才那个不起眼的小玩偶。眼前的一切简直是太叫人不可思议了，伊达忍不住捧腹大笑起来。狂欢节彩棒继续跳着舞，那个律师也只好一个人孤零零地跳舞了。虽然他仍然在一刻不停地变大变高，哪怕仍然只是个戴着大黑帽的蜡制小玩偶，也毫无用处，他还是在那里跳个不停。结果，其他的花，尤其曾经在玩具床上睡过的花也纷纷不约而同地为他求情，狂欢节彩棒这才停止了不再跳舞。正在这时，伊达的玩偶索菲亚和许多待在抽屉里的玩具再也按捺不住激动的情绪，响起了它们独特的敲击声。那头发乱蓬蓬的玩偶跑到了桌子边，趴了下去将抽屉拉开了一点。

索菲亚坐起来，带着非常惊异的眼神环视着四周。“今天夜里这儿举行舞会呀，”索菲亚说，“怎么没有一个人事先通知过我呢?”

“你愿意赏光和我共跳一曲吗?”那头发乱蓬蓬的玩偶弯下身子说。

“对不起，我和你一起跳好像不太好吧。”她说着骄傲地转过身背对着他。

然后她怡然自得地坐在抽屉边上，心想说不定哪朵花还会邀请她共舞一曲，可在事实上它们一朵也没有来邀请过她。因此她尴尬的咳嗽了几声：“咳，咳，咳咳。”可依然没有花朝她这边走过来。如今也只有那位郁郁寡欢的玩偶一个人自己跳了，跳得还挺好的。因为没有一朵花注意到索菲亚，她便从抽屉上毅然决然地跳到了地板上，想以此引起大伙的注意。所有的花都对这一举动感到意外，纷纷围住了她，关心的询问她有没有跌伤，尤其那些在她的床上睡过的花。可她自己是再清楚不过了，因为根本就没有受伤，小伊达那些花很感谢借用它的睡床，对她也特别好。它们将她带到了月光照着的房间当中，以她为中心跳起舞来，别的花团团围住她们。在这个愉快的时刻里，索菲亚感觉非常的快活，声称它们可以继续睡她的床，就算睡在抽屉里她也根本无所谓。可那些花对她真是千恩万谢啊，真诚善良地说：

“我们活不了多久了。明天早晨我们将要一个一个死去；你一定要告诉小伊达将我们埋在花园里，靠近金丝雀的坟墓啊，如果这样的话，到了春天我们又会苏醒过来的，一定比过去任何时候都更美丽。”

“不，你们不能死，”索菲亚吻着这些花难过地说。

这时房门开启了，好多美丽的花跳着动人的舞进到了屋里。伊达事实上根本就不知道它们是从哪里来的，除非它们是从国王的花园里来的。最先进来的是两朵很吸引人眼球的玫瑰花，头上戴着小金冠——这一定是国王和王后。紧跟着美丽的紫罗兰和康乃馨。它们同样也带来了音乐。大罂粟花和牡丹花用豆荚做乐器，熟练地吹着各种乐曲，弄得自己脸都涨红了。一束束的蓝色风信子和白色小雪莲花也毫不逊色纷纷摇响它们铃铛形的花，仿佛它们是真正的铃铛。后来的花成群结队，整整齐齐的一个个的进来了：蓝色的紫罗兰、紫色的三色堇、雏菊和铃兰，它们都一起跳起了舞，相互亲吻着对方的面颊。这个场景真是太壮观了，壮观到让人简直无法忘怀。

最后所有的花互道了晚安。然后小伊达重新回到了她自己的卧室，略有疲倦爬上了床，在梦里她又一次看到了刚才所看见的一切情景。第二天早晨她一起来，连忙去小桌子那儿，看那些花是否还在。她慢慢地拉开小床的床幔。好像什么都没有发生似的，它们还都静静地躺在那里，但是它们身上的花瓣全都凋零了，比前一天枯萎得更严重了。索菲亚正躺在伊达昨晚放她的抽屉里，可她看上去似乎什么都没发生。

“这些花要你告诉我的话，你还记得吗？我可爱的索菲亚！”小伊达说。可索菲亚那副样子迷迷糊糊的，什么具体情况也说不出来。

“你怎么还这样呢，”伊达说，“它们可全都为了报答你才围绕你和你跳舞啊。”

然后，她拿来一个上面画着美丽小鸟的小纸盒，将那些枯萎的花恋恋不舍地放了进去。

“你们别嫌弃啊，这个就算是给你们做个漂亮的棺材吧，”她说，“等到我那些表兄弟来看我，他们会帮忙将你们埋在花园里的，希望能够通过这种方式，明年夏天又能生机勃勃地生长起来了，比过去任何时候都会美丽。”

她的表兄弟是两个很有家庭教养的小男孩，一个叫约纳斯，一个叫阿多尔夫。他们的父亲给了他们每人一张弓和一支箭，他们都把自己最喜爱的弓箭拿给伊达看。伊达将那些花的生动故事向他们娓娓道来，当听到要他们帮忙葬花时，他们没有片刻迟疑全都行动起来。两个男孩背着弓走在最前面，小伊达捧着装花的漂亮盒子跟在后面。他们在花园里精心选择了一小块风水宝地挖了一个小墓坑。伊达吻了吻她那些美丽的死花，接着把它们连同小盒子一起放到了土里。约纳斯和阿多尔夫也很虔诚的为这些枯萎的花默默地祈祷祝福。

# 小克劳斯与大克劳斯

很久很久以前，在一个村庄里出了件蛮有趣的事情。这里住着两个名字相同的人，他们都叫克劳斯，一个人的家庭经济情况非常的富裕，有四匹马，而另一个却非常的穷，只有一匹马。因此，人们称富裕的人为大克劳斯，穷的则为小克劳斯。

从周一到周六，小克劳斯牵着自家的马去为大克劳斯干活。只有在礼拜天，大克劳斯才允许小克劳斯借用自己的四匹马。

这是一个礼拜天的早晨，小克劳斯赶着五匹马正在干活。他心情非常好，觉得自己就是这五匹马的主人。他挥舞着马鞭，高兴地吆喝着："我的马儿加油呀！"

太阳在不知不觉中升了起来。"当——当——"教堂尖顶的钟声呼唤着人们去做礼拜。大家都穿上了最整洁、漂亮的衣服，手拿着《圣经》去教堂听牧师的布道去了。人们经过田地，发现小克劳斯正赶着五匹马在干活，他们都非常兴奋地大声喊："我的五匹马儿加油呀！"

"你别这样说，"大克劳斯有些不高兴了，"你自己就一匹马。"

可是小克劳斯越干越起劲儿，很快便忘了大克劳斯刚才说过的话。他将手中的马鞭甩得啪啪响，依然卖力地大声喊："我的五匹马儿加油呀！"

站在一旁的大克劳斯恼怒地说："闭上你的臭嘴巴，你难道不知道自己有几匹马？要是你再这么喊的话我就用拴马的木桩砸烂你的脑袋！让你永世不得超生。"

"是，是，我发誓再不这样喊了！"小克劳斯低声说。这时，从这里经过的邻居停下脚步看他犁的田，称赞犁得不仅直而且深，小克劳斯现在发觉赶着五匹马干活是件自豪的事，一时兴奋又忘了大克劳斯的警告，他挥舞着马鞭，张嘴喊出："加油呀，我的五匹马儿！"

大克劳斯拿着拴马桩二话没说愤怒地跑过来：“好吧，我也让你的马儿卖卖力气！”还没说完，木桩狠狠地砸在小克劳斯的马的脑袋上，可怜的牲口还没有来得及哼上一声，就非常凄惨地死去了。

“上帝哪，求求你救救我吧！我该怎么办啊，我仅有的一匹马儿也没了。”小克劳斯伤心地大哭了起来。大克劳斯却好像没什么事似的，把自己的四匹马儿赶回了家。

小克劳斯坐了很长时间，万般无奈，只好伤心地剥掉他心爱的马的皮，将马肉挂在树上风干，装进一个布袋，打算把马剩下的东西背到城里去卖点儿钱。

他走啊，走啊，经过了两个村庄，来到了一片大森林。转眼间，天气一下子变得非常糟糕，他又在森林中迷了路，转了很长的时间，天渐渐黑了下来，要再回到城镇是不可能的了。前面不远处有一所房子，微弱的烛光从玻璃窗透出来。小克劳斯加快速度，心想：“好心的主人说不定会让我借住一夜。”

女主人慢慢地打开屋门，听完他的请求，冷冰冰地说：“不行，我丈夫出门了，家里只有我一个人，我不会随便让一个陌生人进来，你立刻给我离开！”接着，“砰”的一声将门关上了。

小克劳斯看了看周围，发现房子旁边有一个干草堆，便在草堆以及农舍之间搭起了一个小茅草屋子，顶上平平的。

“简直是太好了，这样一来我就不用睡在露天野外，我能够爬上屋顶了，睡在上面，想来是一张挺不错的床。但愿鹳鸟不会下来啄我的腿啊。”小克劳斯非常兴奋地说。他舒舒服服地躺在了上面，翻个身恰巧正对着农舍的厨房，透过玻璃窗，小克劳斯发现一个铺着绣花布的餐桌，上面摆满了很多的烤鹅、烤鸭、美酒，还有烹饪好的一条鱼呢。女主人和一个传教士坐在那儿，她将男人面前的空杯子倒满了美酒，传教士正在开心地吃着那条鱼，可以看得出来他最爱吃鱼。“哇，真是太丰盛了呀，太诱人了！”小克劳斯说着直起了身子，这次他又看到一个甜美的大蛋糕，这眼前的一切看上去好像是一个盛宴。

这时，远处传来了一阵急促的马蹄声，女主人的丈夫骑马回来了。他是一个心地善良的人，可又有着非常古怪的脾气，一见到传教士就立刻变得非常生气。传教士原本以为他今天不会回家的，因此借此机会才登门拜访他家。女主人便做了这些好东西来款待他。听到马蹄声，两个人都吓得手足无措，不知该如何是好。女主人急中生智，她请求传教士爬进一个大木箱里，接着把所有的食物藏到了壁炉中，因为如果丈夫看到了一定会问这究竟是怎么回事的。

“哎——”小克劳斯见到这些食物被藏起来，不禁在远处深深地叹了一口气。

农夫一眼就看见了屋顶上的小克劳斯了，他高声说：“你是谁，干嘛在我家房顶上啊？”

小克劳斯告诉他要进城去，但由于在森林中迷了路，浪费了很多时间，并请求他允许自己在屋顶上过一夜。

“可以，当然可以的。”农夫非常爽快地说，“你还没有吃饭吧，快下来啊，让我们先进去吃点儿东西吧。”

女主人让丈夫他们进来，随后端出一大盆粥放在了他们吃饭的桌子上。农夫早已经饿了，立刻吃了起来。小克劳斯不吃，因为他想起了刚才看到的那些蛋糕、鱼和烤鹅。

进屋后，小克劳斯就把装马皮的口袋放在了脚下。他想了一个好方法，将双脚放在袋子上很用力地踩了一下，干马皮就发出叽叽嘎嘎的声音了。“别叫！”他对着袋子说，可同时又用力地重重踩了一下，叽叽嘎嘎的声音就变得越来越大了。

“这是干什么？你袋子里装的到底是什么东西？”农夫疑惑地问。

“哦，一个非常坏的巫师被我装进了袋子里了啊。他说稀粥不好吃，也填不饱肚子，他已为我们准备了可口的烤鹅、鱼和蛋糕，就在壁炉里。”小克劳斯很自然地说。

农夫果然在壁炉里发现了这些非常好吃的东西，女主人低着头将这些菜一个接一个地端到了桌子上。小克劳斯又踩了一下口袋，干马皮立刻又响了起来。

“他又说什么了？”农夫非常急切地问。

“他说那个地方还放着一瓶酒呢。”小克劳斯非常得意地说。

女主人不得不取出藏起来的那瓶美酒。农夫和小克劳斯这顿饭吃得太愉快了。

农夫感觉今天夜里发生的事实在是太奇妙了，他也想有一只像小克劳斯那样装着魔术师的口袋。农夫借着酒劲说："你的魔法师能变出魔鬼吗？变给我看看吧。如果这样的话，以后我就不再害怕什么了啊。"

"小事一桩。"小克劳斯回答道。非常迅速地又踩几下，弄得它又叫了起来。"他说能够变出魔鬼，但是长得非常吓人，你还是不看为好。"

"我现在一点也不害怕，我非要瞧瞧他到底长得有多么的丑陋。"农夫说。

"噢，你最好别看，他长得和传教士简直就是一个模样。"

"的确是够丑的。说老实话，这一生我最烦的就是传教士的那副嘴脸了。但好在这是一个魔鬼，我还是可以忍受，别离我太近就行。"农夫说。

"让我征求一下魔术师的意见吧。"小克劳斯说着装模作样地蹲了下来，将耳朵贴在口袋上，接着踩了袋子一下。

"他怎么说的啊？"

"他说已经将魔鬼藏在了墙角的那个大木箱里了，打开箱盖就能看到一切，但不要掀得太高，以防让那个魔鬼溜掉。"小克劳斯非常高兴地回答道。

"你要帮助我啊，当我开箱时，你可一定要帮我压住箱盖，这样魔鬼就不会顶开了。"农夫对小克劳斯说。他将箱盖开了一个非常小的小缝，向里面看了一眼，"噢，上帝！"便尖叫着跑掉了，"简直是太可怕了，和传教士长得没有两样啊。"

为了给农夫压惊，小克劳斯陪他又喝到了深夜。

"我有一个请求，请你将那神奇的东西卖给我好吗？我会给你很多钱。"农夫很诚恳地说。

"不行，我的魔术师非常能干，我想要什么就能有什么，我才不卖呢！"小克劳斯说。

"但我确实非常喜欢他，请你卖给我吧！"农夫恳求道。

"那好吧，你现在这么照顾我，那就卖给你吧。但必须再加点钱我才卖的。"小克劳斯说。

“就这样说定了。”农夫说。“但必须得把墙角的那个木箱也带走，我非常厌恶它，魔鬼说不定还在里面呢。”

农夫花了整整一斗钱买下了小克劳斯的那个口袋，接着又送给他一辆手推车，以便他能带走那只木箱和钱。

“再见吧，亲爱的朋友。”小克劳斯推着车非常欣喜地离开了。那个传教士依然待在箱子里。

穿过一片树林，小克劳斯来到一条河的旁边，河水非常深，水流湍急，没有人能游到河对岸去。河上建了一座桥，他推车走到桥中间停下来，大声说了几声，故意让木箱中的传教士听到。

“这只叫人讨厌的大木箱，实在是太重了，就像装满了石头一样，把我给累得筋疲力尽了啊，干脆将它推到河里，如果它能漂回我家去，我就将它打捞上来，如果漂不回去，我也只能自认倒霉了。”接着，轻轻地搬了一下木箱，仿佛真要推到河里去。

“哦，不，不要，快放下来啊，让我出去吧！”箱子里的传教士吓得魂不附体大叫道。

“哦，魔鬼仍然在箱子里，我得马上把它推到河里去啊。”小克劳斯装出十分惊恐的样子说。

“求求你了，千万别把我扔到河里去啊，我能给你好多钱的，比农夫的那一斗还多。”传教士急得大叫起来。

“嗯，好吧。”小克劳斯慢慢地打开了箱子盖。传教士马上跳了出来，一脚将空箱子踹下了河，接着带着小克劳斯回到了家中，给了他满满一斗钱。现在，小克劳斯已经有了两斗钱，将手推车都已经装得满满的了。

“真的难以相信，死了一匹马，却弄到了这么一大堆的钱，太值得了。”小克劳斯心想。他高高兴兴地回了家。

坐在屋子里，小克劳斯将钱倒出来，堆成一大堆，想到大克劳斯听说自己靠一匹死去的马发了财，绝对会气得要发疯，但我肯定不会告诉他这件事情的缘由。因此，他故意派一个孩子去向大克劳斯借斗。

“这家伙借斗要干嘛？”狡猾的大克劳斯在斗底神不知鬼不觉地抹了些油。斗还回来后，他发现底上粘着三枚崭新的银币。

“哦，究竟发生了什么事啊，难道他借斗是为了量钱？”大克劳斯屁颠儿屁颠儿地跑到小克劳斯的家里，想弄清楚事情的真相，“你从什么地方弄到这么多钱，实在是太让人难以置信了啊。”

“我仅有的马被你打死了，我无法生活，只好剥下马皮拿去卖了。”小克劳斯说。

“一张马皮能卖这么多钱吗，这也真值得啊。”大克劳斯说完马上回家去了，拿起斧头将四匹马全都杀掉了，接着剥下马皮，不等风将它们吹干，便带到城里叫卖去了。

“卖马皮，上好的马皮，谁要马皮?”大克劳斯边走边喊。制革匠和修鞋匠围着他问：“多少钱一张?”

“一斗钱。”大克劳斯很自信地说。

“胡扯，你简直是疯了。你难道觉得我们的钱是用斗量的吗?”他们非常生气地说。

大克劳斯仍然在那高喊着：“谁要马皮，卖马皮，一斗钱一张。”

他这么一吆喝，将那些修鞋匠和制革匠简直都要气疯了，他们认为大克劳斯不是疯了就是别有用心地寻他们开心。因此纷纷拿着手中的围裙、皮带向大克劳斯打去，边打边骂：“卖皮，卖皮，我们叫你多一张流血的人皮。”大克劳斯被打得抱头鼠窜，赶快逃离了这个地方，长这么大，他还是第一次遭到这样的殴打和奇怪的嘲弄。

“小克劳斯这个坏蛋，胆敢这样对我不敬，我非要向他讨回这笔血债不可，我要让他用性命来偿还不可。”大克劳斯愤怒地说。

小克劳斯的祖母在大克劳斯进城的这段时间里死去了。这个老女人活着的时候对小克劳斯非常凶狠残暴，但即便这样，小克劳斯依然在心里感到很难过。他让祖母躺在了自己温暖的床上，打定主意要守护一夜，希望她能起死复生。他蜷缩在床旁边的椅子里，直到天快亮了，也没有睡着。忽然，门悄悄地打开了，是大克劳斯拿着斧头偷偷地走了进来，他清楚小克劳斯的床在什么地方，一直走到床前，举起斧头狠狠地朝床上砍去，他以为躺在床上的必定是小克劳斯呢。

“去死吧，你这个坏蛋，你再也不敢戏弄我了。”说完，转身头也不回地出去了。

“这个狠毒的坏家伙。幸亏我祖母死了，否则我也会死在这个坏蛋的手中。”小克劳斯浑身打战地说。

第二天一早，小克劳斯给祖母穿好礼拜服，向邻居借了一辆马车，把祖母抱到车上放好，又用绳子固定了一下。因为他们要走很长的路，这样祖母才不会掉下来，小克劳斯赶着马车上路了。

太阳已经高高升起，他们来到一个旅店的门口，小克劳斯忽然感觉有点儿饿了，便停下车子。

店老板非常有钱，他待人也很友善，就是脾气稍微有些暴躁，仿佛浑身上下都装满了火药。

“早上好，小伙子。你今天穿戴非常漂亮啊，要进城吗?”店主问小克劳斯。

“不错，我带祖母到城里去玩儿。她就在我的马车上，但她不想进来，那样是很耽误时间的。您能给她一杯红酒吗？她的耳朵有点儿问题，请您说话大声点儿啊。”小克劳斯回答说。

“没问题，这件事非常好办。”店老板说完，倒了满满一杯红酒给老祖母送去了。已经死去的老祖母此时一动也不动地被绑在那里。

“喝点儿酒吧！这是您孙子为您叫的。”店主人大声并且非常客气地说。重复说了好几遍，老妇人仍然是原来的样子一动不动，连眼睛都不眨一下。他火暴的脾气上来了，将手中的酒杯朝她脸上泼去，老女人由于固定得不是很稳，脸一仰，就倒在了车上。

“哦，上帝！你都干了些什么!”小克劳斯大叫着冲出来。他急忙抱起老祖母大声喊道：“你这个坏蛋，你打死了我的祖母，瞧她头上的这个洞!”

“真抱歉啊，我不是有意的，由于我的脾气实在是太暴躁了，不经意失了手，我愿意陪你一斗钱，然后像对待自己的祖母一样将她老人家隆重地安葬。请你千万别对任何人提起这件事，不然官府会将我抓去偿命的，那就太可怕了!”店主不知所措地说。

就这样，小克劳斯又得到一斗钱，而且还一个银币都没破费就厚葬了自己的老祖母。

回到家中，小克劳斯又叫一个孩子去向大克劳斯借斗。

“到底是怎么回事啊，怪了。我难道没有打死他吗，”大克劳斯心里想，“不行，我要亲自去看看究竟。”

他来到小克劳斯家，发现小克劳斯家放着一大堆钱：“你……你怎么没死，你从哪儿弄来这么多钱?”

“不错，我没死啊，你打死的是我的祖母，我将她的尸体卖了还得到了一斗钱啊。”小克劳斯面无表情地说。

“那简直是太棒了啊!”大克劳斯说。回到家里，他仔细思量了一下，贪婪的欲望让他丧失了自己原本还具有的一点良心，他将自己的祖母杀死后抱到马车上，接着赶着车到城里，找到一名配药的大夫问：“你需要一具尸体吗?”

“这个人是谁，你从何处得来?”药剂师有些大惑不解地问道。

“她是我祖母，我将她砍死了，想卖一斗钱。”大克劳斯非常自信地回答说。

“你不是在发疯吧？你疯了，你明白你在说些什么吗？上帝呀！救救他吧。”药剂师清楚地告诉他，他做了一件掉脑袋的事，现在他是一名杀人犯了，药剂师说着就迫不及待地要去告诉官府将他抓起来处死。

大克劳斯这时也吓得全身直哆嗦，跳上了马车，扬起鞭子，飞快地逃走了。在场的所有人都觉得他有了精神病。

大克劳斯坐在马车上，一边赶路一边大骂道：“小克劳斯，我非杀了你不可，方可解我心头之恨!”一回到家，他立刻找来一条很长的长口袋，直奔小克劳斯家中去了，说：“我已经被你戏弄了两次。第一次让我亲手杀了我亲爱的四匹马，这次又让我杀掉了我的祖母，你必须为这两件事付出惨痛的代价，将来你别想再戏弄人了。”他扑向小克劳斯，一下子抱住他，手脚利索地将他塞进了长口袋中，接着扛到了自己的肩膀上，高声说：“我要将你扔进大海淹死你!”

去河边的路非常的远，大克劳斯扛着一个人走路可不是一件非常轻松的事，他简直要累死了。经过教堂的时候，里面正好传出了风琴和人们唱圣诗的声音，他心想：“小克劳斯是根本打不开袋口的，绝对跑不了，我倒不如进去歇一会儿，听一首圣诗，完了再去也不晚。”想罢，他把袋子放在教堂门口不假思索地进去了。

小克劳斯在袋子里来回不停地动着，却没有办法挣脱捆在身上的绳子，这实在是件不容易的事。“噢，上帝啊！”他无奈地感叹道。这时，传来了“哞哞”的牛声，一位白发老人赶着一群牛从这里经过，这群牛将装小克劳斯的袋子弄倒在地了。

“噢，上帝，我就要死了，可我还是这样的年轻啊！”小克劳斯无奈地说。

“唉，我才是最可怜的呢！我岁数这么大却依然活在人世上啊。”白发老人也十分感叹着自己的人生说。

“不如我们换一下吧！你将口袋打开将我放出去，接着自己再钻进去，那么你就可以去见上帝了。”小克劳斯在袋子里大叫道。

“那实在是太好了啊。”白头发老人说。老人放小克劳斯出来了，对他说：“这群牛也交给你看管啦。”说完便钻进袋子中去了，小克劳斯帮他系好后赶着牛悄悄地离开了。

大克劳斯听完一首圣诗后，从教堂里出来，再次背起了口袋，他觉得口袋好像没刚才重了。毫无疑问，当然是由于白发老人比小克劳斯轻得多的缘故了。他心想：“肯定是我听圣诗的缘故，使我恢复了一定的力气。”

穿过一片树林，大克劳斯终于到了他要去的地方了，这条河的水非常深，河面也非常宽，他将袋子扔进了水里，大声说：“安息吧！我再也不会被你戏弄了！”他深信装在袋子里的就是小克劳斯。

大克劳斯满心欢喜地往家走，就要到村庄的时候，发现小克劳斯赶着一群牛从旁边的一条路上朝他慢慢地走来。“不可能的！”他觉得自己是不是眼花了，可重新睁开眼睛以后，仍然是刚才的情形，“你为什么没有被河水淹死，这究竟是怎么回事？”大克劳斯惊讶地说。

“你说得非常地对，大约半个小时以前，你将我扔到了河里。”小克劳斯非常不介意地回答。

“可你为什么依然在这里，这群牛你又是从什么地方弄来的？”大克劳斯不无疑惑地问。

“它们是河里的牛。”小克劳斯说，“我必须感谢你为我带来的这么一笔财富啊，如果我没有被你扔进河里才不会有这段奇特的遭遇呢。我将全部经过给你讲一遍。说实话，我到了河里之后非常的害怕，还好我没有摔伤，因为我恰好落在柔软的水草上，袋子口很快就被打开了，一位长相非常漂亮的小女孩站在我面前，她穿着一身非常漂亮的白色衣裙，头上戴着鲜花织成的花环，她对我说：‘你叫小克劳斯吧？我这有几头牛送给你，你往前走十里地就会发现那有一大群牲口，也全都送给你。’我这才明白，原来河底是跟陆地上一样的，那里有美丽的鲜花，平坦的道路，在我周围游玩的各种各样的小鱼让我想起了在天上飞翔的小鸟儿。那里的人非常善良，也非常可爱，他们都非常富有，并且出手豪爽。这些只有我知道。”

“水里既然那么好，可你为什么一定要回到这里来呢？”大克劳斯说。

“这便是我聪明的表现了。”小克劳斯非常自信地说，“小姑娘告诉我走十里路就有一群牲口送给我的，她说的路，事实上指的就是河床。你应该知道河流是弯曲的，当然河床也一样喽。因此，我回到陆地上走直路，这样，我就既能省下很多力气，又能早点将河里的牲口赶回自己家。”

“你的运气真是太好了啊！”大克劳斯非常羡慕地说，“要是我也能去河底，是不是也能与你一样得到一群牛呢？”

“那当然了，我们的结果会完全相同的。”小克劳斯说，“可你怎么下去呢？我非常愿意帮你的忙，但我不会背你，你要自己走到河边啊。”

“哦，亲爱的小克劳斯，太感谢你了。但是，我要是去河底以后得不到牲口，我就会再回来狠狠揍你一顿。”大克劳斯恶狠狠地对小克劳斯说。

“你一定会满意的。”就这样，两个人带着口袋来到河边。

天气非常热，走了这么长的路，小克劳斯赶的那群牛也早已经非常的渴了，一见到水都迫不及待地跑过去喝了。“瞧，它们都等不及了，还想回河底去，那不管怎么说也是它们的家啊。”小克劳斯顺水推舟地说。

“别理它们，你要先帮我！”大克劳斯在一旁咆哮着。他连忙钻到袋子中，接着叫小克劳斯放进一块石头，他还真的非常怕自己沉不下去呢。

“放心吧。”小克劳斯找来非常大的一块石头装进了口袋里，接着又紧紧地系好了袋口。最后，他用力一推，大克劳斯滚到河中，转眼就消失在滚滚的河流里了。

“你能够永远待在那里了！”小克劳斯非常高兴地说。

就这样他赶着一群牛高高兴兴地回家去了。

# 小锡兵

很久很久以前，人们在一个锡炉里煅造出了二十五个形状各异的锡做的士兵，由于是从同一个炉子里锻造出来的，因此长相完全相同，都扛着枪，挺着胸膛，目光直视着前方，这二十五个兄弟都是身着同样红蓝相间的制服。

今天，是一个小男孩的生日，他收到了一盒非常精美的礼物。打开后，小男孩高兴地大叫了一声："多漂亮的锡兵啊！"这是锡兵们自从来到这个世界上听到的第一句话。他们被逐一摆放在桌子上面。仅有一个锡兵有点与众不同，他只有一条腿，因为他是最后一个被铸造出来的，锡有点不够了。但他和别的兄弟一样身子依然是那么的笔直，我们故事里的主角就是他。

小男孩的桌上还有好多别的玩具，比如汽车、军舰、狗熊，等等，其中最能吸引人们眼球的就是一座用硬纸板折成的宫殿了，它外形和王宫一样，美丽精致。从那些小窗户望过去，能够看到一个大厅，旁边有许多小屋子，王宫门前还有一个用镜子做的小湖，周围还有几株柳树，湖面上游动着几只由蜡制成的十分漂亮的小天鹅，湖水倒映出了它们美丽的身影。王宫的门是开着的，一位美丽的小姐静静地站在那里，她是用纸板非常精心地剪出来的。小姐身着一件花裙子，头上系着蓝色缎带，中间插着一个水晶般华贵的饰品，和她的脸一样美丽动人。小姐是一名艺术家，正在非常认真地练习她的舞蹈动作，她双臂舒展，一条腿高高地举在空中，一切动作都是那么的婀娜多姿。单腿的锡兵由于自己站立的方位的缘故仅可以看到那位漂亮的小姐举起的腿，所以，他还以为她也只有一条腿呢。

"她做我的妻子该是多么的合适啊。"锡兵心想，"可她住在王宫里，身份又是那么的高贵，而我却跟我的二十四个兄弟挤在一个很不起眼的盒子里，这样糟糕的环境条件，她很可能会不习惯的，无论如何，还是先找个机会跟她认识一下吧！”

漂亮小姐的身旁有着一个同样很精致的鼻烟壶。所以，锡兵躲在它后面，这样从那个角度望过去，他就能够完全看清楚那位漂亮小姐的一切了。公主显然天生是一名举世无双的芭蕾舞演员，虽然是用一条腿站着，但一点儿也没有因此而失去身体的平衡。

天黑了，二十四位锡兵都进了自己的盒子里，屋子的主人也已经睡觉去了。桌子上玩偶们一如既往的夜生活又开始了，它们要么打架，要么交谈，胡桃钳子翻起筋斗，石笔在石板上东游西荡，盒子里的锡兵们也打算出来凑个热闹，但是他们却怎么也顶不开装他们的盒子盖，所以只能在里面急得哇哇大叫。这时金丝鸟的美梦被惊醒了，她也加入了进来，唧唧喳喳地跟旁边的狗熊闲聊了起来。只有一条腿的锡兵以及芭蕾舞小姐站在原地一动不动，锡兵像丢了魂儿似的一个劲儿地瞧着那位迷人的姑娘。

“咚、咚……”时钟敲响了十二下，玩偶们忽然一下子安静了下来。突然“啪”的一声，鼻烟壶的盖子打开了，一个小魔鬼从里面跳了出来，想不到鼻烟壶竟然也是一件非常奇妙的玩具啊。

“嗨，一条腿的锡兵！将你的眼睛放老实点，你应该清楚什么是你该看的，什么是不能看的。”魔鬼用非常霸道的语气说。

锡兵根本没答理他，仿佛没有听到他说的话。

“居然不把我放在眼里，走着瞧好了！”魔鬼恶狠狠地说。

第二天清晨，小男孩起床以后收拾自己桌上的玩具，他将一条腿的锡兵放在了窗台上。忽然之间窗户打开了，不知道是由于刮风，还是小魔鬼在一旁使了什么魔法，锡兵跌了出去，从三楼摔到了一楼，头朝下落在了非常硬的地面上，他的刺刀刺入石缝里了。

小男孩和仆人连忙跑下楼来找他，他们几乎踩到了他的身体，但还是没有看到他，只好非常扫兴地上楼了。要是锡兵大叫一声“我在这儿！”的话，他也就会再次跟着他们一起回去了，可他觉得自己穿着一身制服，大喊大叫地简直不成体统。

天一下子阴暗了下来，下起了蒙蒙细雨，后来变得越来越大，下起了瓢泼大雨。雨过天晴之后，两个流浪的小孩从这里很不经意地经过。

“喂，快看，那里躺着一个锡兵!”一个孩子非常惊讶地说，“咱们干点非常有意思的事，让他去航行吧!”随后，他们找来一张报纸，没用多少时间就做了一条船，锡兵被放在纸船里，放进小水沟里，就这样顺流而下了。由于刚刚下了雨，周围的雨都流到了水沟里，水流变得十分的湍急难行，小船在水面上一会儿左一会儿右，不停地颠簸着，锡兵在船上也跟着一起晃荡着。他心里非常害怕，但却依然笔直地站着，他扛着枪，目视前方。两个流浪的小孩尾随着小船在一旁不停地奔跑，兴奋地直拍手。

突然，小船流进了水道里，在黑暗中向前冲去了。

“也不知道船何时才能停下来，我到底会漂流到哪里去!”锡兵心里想，“毫无疑问是那个小魔鬼在捣鬼！但是，要是那位美丽的小姐也坐在这条船上，哪怕再黑上两倍，我也不在乎!”

“将你的通行证拿出来!”一只住在这里的大老鼠逆水而上说。

锡兵根本不予理睬，只是手里的枪握得更紧了。船依然向前一刻不停地急驶着。

“拿通行证出来！否则，就留下过路钱!”大老鼠非常愤怒地追赶着他说，“拦住这条船，快拦住他!”它对漂在水面上的干树枝和稻草发出了严厉的命令。

湍急的水流使小船穿过了树枝和稻草设置的基本上是没起什么作用的阻拦。锡兵已看到了下水道尽头外面的阳光了，下水道的尽头是一条大河，那里很可能更危险。恰在此时，锡兵听见了河水怒吼的声音，这声音即使最勇敢的战士也会感到有些惧怕。小船流进了大河里，这是锡兵完全无法左右的，可怜的他尽量保持着笔直的姿态，他在这一刻变得更加沉着，更加坚定了。纸船已经湿透了，渐渐变软、变形了，最终船也下沉了。锡兵全身都泡在了水里，只剩脑袋露在外面，在这千钧一发之际，他想起了那位让他魂牵梦萦的美丽小姐，他将来再也见不到她了，这时，他的脑海里闪现出这样的话：勇敢的士兵，大胆地向前冲吧！你无畏的牺牲是你这一生至高的荣誉！

纸船终于破碎了，锡兵和它一同沉到了水底，被一条大鱼吞进了腹中。

“啊！比刚才经过的地方还要黑，而且道路实在是太窄了啊。”锡兵心想。他只好无可奈何地躺下来，可还是和以前那样紧紧地握着枪。他觉得大鱼在东奔西闯，刚安静下来，接着又似乎在拼命地折腾着。过了好一会儿，这条大鱼才不动了。这时，锡兵只觉得眼前一道光线划过了头顶，周围忽然一下子变得明亮了起来。

“喂，你们快瞧，这里有一个锡兵!”一个人非常兴奋地叫了起来。原来这条鱼被人们从市场中买回家来了，如今已经被开膛破肚，放在厨房的地上了。

锡兵被人用两个手指掐着拿到了主人家的客厅里，人们非常惊讶，非常想一睹这位游历了一番奇妙壮观大世界的英雄。锡兵并没有露出任何骄傲的神色。

世界上难以置信的事情还真多呢！锡兵发现自己竟然又重新回到了自己原来的那个小男孩的房间，桌子上摆放的还是以前的那些玩具、美丽的宫殿，可爱的芭蕾小姐依旧在那里等着他。小姐仍旧双臂伸向前方，一条腿高高地举在空中。这一次，锡兵看清楚了芭蕾小姐的两条腿，她执著沉稳的精神深深感动了锡兵，他几乎要流下了眼泪。但是一个真正的士兵不可以如此的，他们互相凝视着对方，一言不发。

就在这个时候，小男孩突然不知为什么大发脾气，抓起锡兵将他扔进了火炉里，毫无疑问又是小魔鬼在作怪了。

坚定的锡兵感到一股灼人的热浪扑向了他，他的制服已经难以分清颜色了，刺刀也软化了，他发现自己的身体在渐渐地熔化。可他的目光依然坚挺地望着那位美丽的芭蕾小姐，他的胸膛更挺直了，显出大无畏的英雄气概。

这时，小男孩打开房间的门跑了出去，风吹动了芭蕾小姐，她好像仙女似的轻盈地飞了起来，飞向了火炉，飞到了锡兵的身上，化为了一团非常美丽的火焰，一下子踪影全无了。

第二天早上，佣人打扫壁炉，清理炉灰时，惊奇地发现一块银色的锡块，那是锡兵的尸体，接着在旁边又发现一个黑色的金属片，是的，那是芭蕾小姐头上的饰物。

# 皇帝的新装

很久以前，有一个皇帝，他有个嗜好，就是喜欢穿各式各样漂亮的新衣服，而且到了如痴如醉的程度。他花了很多时间装扮自己，每隔一个小时，就要更换一套衣服，即使夜里睡觉也不例外。他不关心为他征战的士兵，也不喜欢看歌剧，也不去森林里打猎，连逛公园这样简单的事情也毫无兴致。即使偶尔参加以上这些活动也不过是为了炫耀自己的新装罢了。其他国家的君主们都在自己的宫殿里料理本国的政务，而大臣们每当说起他们这位可爱的国王，却总说他在更衣室里。

这个皇帝所在的国家依靠其先辈的治理，国富民强，百姓也都安居乐业，邻国的客商也时常来这里游历和进行商务活动。一天，两个骗子来到了这个皇帝居住的城市，他们从人们的交谈中得知了皇帝的这个嗜好，就到处散布他们是织布的能手，能织各种花色艳丽、色彩斑斓的布料，这种布举世无双，还神奇得很，只有那些高贵的人才能看到，而平庸愚蠢的人是无法看见的。

皇帝自然不久就听说了这个传言。“我要拥有这样神奇的布料，要是我穿上用它做成的衣服，就会对每个大臣们的心思了如指掌，知道他们谁对我忠心，谁有阴谋之举，还能区分笨蛋和聪明的人。”皇帝自言自语道。因此，他立刻吩咐大臣们找来这两个传说中的织布能手，让他俩为他织那种神奇的布料，并预付了高额的工钱。

两个骗子买来一台织布机放在他们住的地方，他们分坐两头，装模作样地干起活来，好像真的在织布似的。一连几天织布机上没有看到半点神奇的布料产生，但他俩却不断地向那个爱美的皇帝要五颜六色的名贵丝线和金子，都秘密地藏在了比较隐蔽的地方。两个人依然在装模作样地工作，每天总是忙碌到深夜。

皇帝心里总惦记着这件事，过了几天，他坐不住了，想亲自去看个究竟。但立刻想起了那两个人的话，心里有些犯嘀咕："要是我去了之后看不到布料，那该怎么办呢？"最后，皇帝决定先派一名大臣去瞧瞧。他选了一位非常精明的老织布工匠，也只有他才能担此重任。钦差大臣来到两个骗子的住处，发现他们正忙碌地工作着，可织布机上却没见一样东西呀！他以为自己眼睛花了，闭上双眼，又重新端详了好几遍，依然还是什么也没有呀！

"哦，上帝呀，这到底是怎么回事？"大臣心想，额头上顿时吓得冷汗直冒，愣在了那里。

两个骗子不慌不忙，非常热情地邀请大臣走近些来看看织好的布料，接着比比画画地向他介绍布料的花纹多么的与众不同，还问大臣是否满意和漂亮。而可怜的大臣看到的仍然还是那两架空空的织布机，因为大臣确实什么都没看到。

"我难道是个笨蛋？"大臣心里说，"不，绝不可能，我承认自己水平很有限，但绝不能让其他人知道我看不见布料！"

一个织布工假惺惺地说："请您给我们提一些建议吧！"

"哦，很好，很不错。做工考究，颜色艳丽，花式也非常独特，你们做得很棒，我马上回去禀报皇帝。"大臣戴着眼镜看完后说。

"谢谢您的指点和评价。"两个骗子非常高兴地说。接着又一一向大臣介绍了图案的设计，色彩的搭配等问题。大臣认真地听着，一字不落地全记在了脑子里，回到宫中对皇帝原原本本地复述了一遍。

两个骗子还贪得无厌，又向皇帝要求拨给他们一些金子和上好的丝线，说这是织布的必备之物。他们把收到的这些东西藏好，继续坐在织布机前假惺惺地忙碌着。

又过了一阵子，依然不见织好的布料，耐不住性子的皇帝又派了另外一名大臣去了解进展情况。前后两位大臣看到的情形都是一样的，织布机上还是什么也没有。

"您仔细看看，这布料多漂亮啊，这么神奇美妙的布料全世界也只有这儿才有呀。"两个骗子你一言我一语，漫无边际地吹嘘他们那块根本就不存在的布料。

“不，我也不能让别人知道我很愚笨，我也要装作看见了布料。”这位大臣想。回来后，他向皇帝夸赞了一番那个根本就没有见到的布料：“太漂亮了，太美了！”

打这之后，这块世上绝无仅有的布料就成为全城百姓茶余饭后谈论的焦点了。

又过了一个星期，皇帝终于无法抑制自己强烈的好奇心了，决定亲自去瞧瞧。宫里的大臣们紧随其后，其中也包括以前去过的那两位大臣，前呼后拥，来到了两个骗子的住处。

两个骗子还在聚精会神地工作，皇帝走近织布机，一根丝线也没有看到。“尊敬的国王，您看这布料多漂亮啊！”来过的两位大臣指着织布机大叫道。

“我怎么什么都没看到呢？这是怎么回事？”皇帝心想，“难道我真的那么愚蠢吗，不配做皇帝？这简直太可怕了！”

“哦……真的好美啊，我太喜欢了！”他点点头，眼睛仍然直勾勾地盯着空无一物的织布机，看了又看。其他随行的大臣们也完全不可能看出什么名堂，可他们都随声附和皇帝说：“确实非常漂亮，真是世上少有啊！”还有人在一旁建议皇帝穿上用那块布料做成的新衣服参加将要举行的游行大典。

皇帝对两个骗子的工作非常满意，分别奖励每个人一个十字勋章，还封他们为“皇家织布大师”。

皇帝游行大典的日子很快就要到了。两个骗子在屋子里都点上蜡烛，房间里顿时亮如白昼，至少有二十根蜡烛，不分昼夜地干活。他们从织布机上取下布料，手中挥舞着大剪刀，在空中装模作样地剪裁了一会儿，接着又用根本没穿线的大针缝了一通，人们只看见他们整日忙忙碌碌的，却看不到皇帝的新装究竟在哪里。最后，两个骗子庄严地宣布皇帝的新装大功告成了。

皇帝带着王公贵族们又来了。两个骗子各举起一只手臂，好像他们的手上拿着一件华丽的衣服，恭恭敬敬地说：“尊贵的皇帝，请您看看这件御袍多么华丽呀，不仅轻柔舒适，而且还有非常好的透气性，穿在身上感觉不到一丁点儿的重量，就跟什么也没穿似的。这也正是这件衣服独特的神奇之处啊，只有您才配穿上它。”

“太对了！”王公贵族们随声附和道。可怜的是他们根本什么也没看到。

“我们恭请皇帝陛下试穿一下这件衣服，这将是您赐给我们的无上荣耀啊！”两个骗子说。皇上被他们请到试衣镜前。

皇帝把身上所有的衣服脱了个精光，两个骗子装模作样地给皇帝穿上了新衣服。他们的双手在皇帝身上轻轻移动，好像是在抚平褶皱，接着又在皇帝的腰上勒系了一番，仿佛是在系什么东西。

“真是太合体啦！”两个骗子给皇帝穿完衣服，感叹地说。

“非常漂亮，太漂亮了！”大臣们又是一阵恭维。

“游行大典的准备工作已经准备就绪。”典礼官进来禀报说，“请皇帝陛下乘车开始游行吧！”

“你们看我的新装怎么样呀？是不是很合体很高贵？”皇帝说。接着他又在大镜子前转了一圈，以使每个大臣都看个明白。几个侍从在地上摸索着，然后双手高高举在空中仿佛手上真托着裙裾，不敢有丝毫懈怠。

游行大典开始了。街道两旁挤满了看热闹的老百姓，皇帝头顶华盖走在街中央的最前面，人群中发出又一阵赞美：“皇帝的新装真漂亮呀，不仅华丽不俗而且做工也非常考究！”虽然百姓们同样也没看到什么，但谁也不想让别人知道自己是大笨蛋。皇帝的新装得到了全城人的认可和称赞。

“皇帝明明什么衣服也没穿嘛！”一个小男孩大声说。

“真的，他真的没穿衣服啊！”又有一个小孩跟着说。

“哦，上帝，听听这些天真无邪的童音吧！”一个男人嘲讽着说。

孩子们的话在人群中传开了，人们都私下里议论这件事。皇帝也听到这些话，心里猛地颤了又颤。他心虚了，因为他自己压根也未曾看到新衣服在哪儿呀！他心里明白人们说得是事实。“但我一定要坚持到游行结束啊！”皇帝心想。于是他摆出一副唯我独尊的样子，挺起胸膛继续前进，身后的侍从依旧双手高举在空中。

游行的队伍依然在有序地前行着，直到走完全程。

# 卖火柴的小女孩

天气非常寒冷，空中飘着雪花，夜幕也已降临。

今天是除夕夜，顾名思义是一年中最后的一天。街上非常冷清，行人寥寥无几。一个穷苦的小女孩光着脚在街上慢慢走着，她原本刚出来时还穿着一双拖鞋，那是过去妈妈经常穿的鞋子，现在已经破烂得不成样子了。刚才她穿过马路时，两辆马车飞奔而过，在万分紧急之下她丢掉了这双拖鞋。其中一只被一个小男孩捡到，他还在一旁鄙视着说："我要用这鞋为我的孩子做摇篮。"另一只却无论如何也找不到了。

小女孩衣服很单薄，头上也没有戴什么可以挡风雨的帽子，光着的小手和小脚冻得又红又肿，她手里拿着一扎火柴，破破烂烂的围裙兜里还有好多。整整一天，她没卖出了一根火柴，谁也未曾给她一点钱，她脸色苍白，又饿又冷。雪花不停地飘落在她金黄色的长发上，随风飘动的卷发漂亮极了。可她从来没有想到过自己美丽的头发，因为那不能消除饥饿与寒冷。此时，马路两侧的房子里都已经不知在什么时候点上了蜡烛，阵阵烤鹅、烧鸭的香味[①]从窗户飘出来，她知道今天是除夕夜了。

可怜的小女孩木然地走着，路边有两幢非常宽大的大房子，她在房子之间的角落坐了下来取暖。她双手抱在胸前，紧紧缩成了一团，即使是这样她仍然没有感觉到任何的温暖，还和刚才一样冷。她不敢回家，因为今天至今还没有开张呢，一根火柴也没卖掉，父亲会生气，会狠狠地打她。更何况，家里很寒冷，墙已裂开了缝，窗户也破了，房顶上还有好多的大洞，尽管现在已经用破布和干草堵住了，但冷风依然让人难以忍受。

小女孩纤细的手被冻得已经没有什么血色，简直就要僵住了，她真的

---

① 是丹麦圣诞节和除夕晚餐中的一个主菜。

希望有一丝火光能让手暖和一些。她只敢拿出一根火柴，轻轻划着，小小的火焰就仿佛一根小蜡烛，她将它捧在胸前，感到很温暖。她伸出冰冷的双脚，想让它们也暖和一下，可火焰已经熄灭了，小女孩独自坐在黑暗中，手中握着一根烧完的火柴棒。她忍不住又点燃了又一只，明亮的火焰穿透灰墙，照在雅致的餐桌上，桌子上铺着格子台布，银光闪闪的餐具摆放在了上面，里面堆满鲜美的水果和香气四溢的烤鹅、烤鸭。突然她发现一只背上插着刀叉的烧鹅跳下桌子，蹒跚地向她走来，她立即伸出手……火光又消失了，一切都没有了，四周一片黑暗，她的手碰到的是又冷又硬的墙壁。小女孩又划着一根火柴，这时一棵圣诞树呈现在她面前，这树比她过去见到的都要漂亮。大树上挂满了小马车和小铃铛，还有好多圣诞老人送来的礼物，小女孩快乐地笑了起来，她伸出双手……火光又熄灭了。圣诞节的烛光升上天空去，好像变成一颗颗明亮的星星。忽然有一颗流星飞过，在空中划出一道亮光。“又有一个人要离开人世了①！”小女孩伤心地说。因为她死去的奶奶曾经告诉她，天上每落下一颗星，在世界上就会有一个人飞到上帝的身旁，奶奶是唯一对她好的人，小女孩非常爱她。

她又擦亮了一根火柴，赶走了四周的黑暗。这时她看见了奶奶，奶奶的神情总是那么的慈祥，和蔼地看着她。“奶奶！”小女孩大声喊道，“请您带我走吧，别丢下我。别等火柴熄灭时，我十分害怕您会跟那丰盛的好吃的东西、漂亮的圣诞树一起都一下子不见了。”她迅速抱出衣兜里所有的火柴，将它们全都毫不在乎的点燃了，希望奶奶能够留下来。明亮的火光中，奶奶温柔地抱起小女孩，越飞越高，一直飞到了万能的上帝那里。小女孩再也不会感到饥饿、寒冷和恐惧了。

新年的第一天早晨，人们在墙角终于看见了这个已经冻僵了的小女孩，她已经死了。她的双颊红润，嘴角还带着甜蜜的微笑，身旁撒满了已经烧完了的火柴棒。人们找来一块破旧的被单蒙在了已经被冻死的小女孩身上。没有人知道小女孩已经跟奶奶在一起了，更不用说她所见的那些迷人景象。

---

① 北欧民间传说：世界上有一个人，天上便有一颗星，一颗星的陨落代表一个人的死亡。

# 拇指姑娘

从前，有一位妇人想有一个很小很小的孩子，但是从什么地方才能不费力地得到呢？无奈之下，她来到了巫婆居住的地方，对巫婆说："我很希望能有一个聪明伶俐的小孩子，您能帮帮我吗？"

"这件事情没有什么难的。我这里有一颗大麦粒，你拿去吧！它并非是用来喂鸡、喂鸭生长在田地里的一个普通大麦粒，你将它精心地埋在一个花盆中，接下来的时间你就等着看好戏吧。"巫婆说。

"实在是太感谢您啦！"妇人非常高兴地说。她拿出三枚银币给了巫婆，又将那颗麦粒包好，就这样高高兴兴地回家去了。她依据巫婆的嘱咐把那颗大麦粒埋在了一个花盆中。没过多长的时间，那颗大麦粒就发芽了，它一天天地长大，不久就结出一个花苞，红中带黄，非常漂亮，样子非常像传说中的郁金香。

"这朵花简直太好看了。"妇人十分激动地吻了一下那只花的花蕾。当她的嘴唇刚碰到花瓣时，忽然，那花儿啪的一声打开了。原来这朵美丽的郁金香，与众不同的是原来在绿色的花蕊上坐着一位非常娇小的姑娘，她皮肤白皙，非常讨人喜欢，身高却只有大拇指的一半长，所以妇人就很自然地给她取了个名叫"拇指姑娘"。

妇人挑选亮晶晶的胡桃壳作为拇指姑娘睡觉用的摇篮，用蓝色紫罗兰花瓣为她做床垫，用粉红色玫瑰花瓣为她做被子，就这样一番精心的布置后，拇指姑娘就有了一个舒适温馨的家了。白天，她在桌子上非常高兴地嬉戏，夜里就睡在胡桃壳上。

细心的妇人在桌子上放了一个盛水的盘子，在盘子四周还放置了一圈盛开的十分美丽的鲜花，又放了一片非常大非常美丽的郁金香花瓣漂浮在水面上。随后，拇指姑娘坐在那些花船上，摇着两根白马尾毛的桨，从小湖的这头游到小湖的那头，悠闲自在极了。她还快乐地歌唱，歌声尽管非常小，但却是委婉动听，这样的情景实在是太美妙了啊，妇人看着非常开心。

有一天夜里，在明媚的月光下，拇指姑娘正在睡觉呢，一只又老又丑的癞蛤蟆从窗子上的破洞上跳到了桌子上。因为有一块玻璃坏了，这只癞蛤蟆全身都是湿漉漉、黏糊糊的，当它跳到胡桃壳面前时，惊奇地发现了睡在胡桃壳里的拇指姑娘，心想：这个姑娘长得太美了啊，正好给我儿子做老婆啊。于是，它用嘴巴叼起胡桃壳就跑，穿过窗户上的那个破洞，一纵身跳到了地面上一溜烟回家去了。

妇人的房前有一条很宽的小河，两岸长着许多浓绿的青草，癞蛤蟆的家就在这里。这里的环境既潮湿又阴暗。它的儿子丑陋极了，浑身还长满了令人作呕的大小不等的疙瘩。看到胡桃壳里那个漂亮的姑娘，它只会呱呱的乱叫，别的一点都不会。

“说话轻声点，别吵醒了她！”癞蛤蟆对自己没出息的儿子说，“她会逃跑的，她这么小，又和羽毛一样轻，不管藏在一个什么地方，我们根本没无法找到她。我要将她放在睡莲的大宽叶子上，对她而言，那就是一个不可逾越的孤岛了，根本就无法逃走。我们要赶快盖一间像模像样的新房，为你们俩举办婚礼才是。”

小河里长着许多优美的睡莲，碧绿的大叶子浮在宁静的水面上，母癞蛤蟆向一片浮在水中央的大叶子懒洋洋地游了过去，她将那个胡桃壳轻轻放在了叶子上就回去了。

早上，温暖和煦的阳光照在拇指姑娘那俊俏美丽的脸庞上。她静静地醒来了，发现自己待在一片大叶子上面，周围都是水，她不知这究竟是什么地方，也无法回家，她伤心地大哭了起来，这是她平生第一次大哭。

母癞蛤蟆正在忙着布置新房，它用灯芯草做墙，用黄色的睡莲做屋顶，新娘子这么的漂亮，因此新房也应该收拾得漂亮一些才是。接着母癞蛤蟆领着儿子来到拇指姑娘面前，它向拇指姑娘深深地鞠了一躬，然后非常温和地说：“小美人，这是我儿子，他很快就要成为你的丈夫了，我会马上为你们举行盛大的婚礼的，你们一定会生活得非常幸福。现在，我要先将你的床搬到新房里面去啊。”

“呱呱!”小癞蛤蟆也非常斯文地叫了几声。然后母子俩搬着胡桃壳就这样离开了。

拇指姑娘难过地流下泪水，泪水打湿了她美丽的衣服，她讨厌那只肮脏难看的小癞蛤蟆，她根本就不想做他的妻子，可是，她完全无法从这片大绿叶子上逃走的。

母癞蛤蟆的话不小心被附近的一群小鱼听到了，它们都非常想瞧瞧这位这个世界上最美丽的新娘，于是它们一齐将头探出了水面，一看，这位姑娘简直貌若天仙，一点都名不虚传，她是如此的娇小玲珑。它们都觉得让一个这么美丽的姑娘嫁给一只相貌难看的癞蛤蟆很不公平，都相当气愤，于是就决定一定要阻止这件事。它们重新回到了水中，集合在托在拇指姑娘的绿叶的梗子周围，不停地用力啃咬着这棵梗子。咬呀、咬呀，最后终于把它咬断了，叶片随着水流顺势也飘走了，越飘越远，两只癞蛤蟆的美梦就这样破灭了。

睡莲叶片在河里漂啊漂，飞翔在空中的小鸟儿发现了坐在上面美貌绝伦的拇指姑娘，都说：“啊！多么美丽的小姑娘啊!”叶片载着她一直漂到了一个离家非常远的地方。

一只十分漂亮的白蝴蝶围绕着拇指姑娘周围不停地飞翔，它是这样地喜欢这位可爱的小姑娘啊，于是它落落大方地落在了叶子上。

河水轻快地向下流着，翻起了一个个非常好看的小浪花，在阳光的照耀下，反射出金子般的光芒。因为事实上脱离了癞蛤蟆母子俩的无谓纠缠，拇指姑娘此刻的心情非常高兴，又开始唱起了动听的歌声。白蝴蝶被这歌声弄得也无限陶醉起来，在叶片上一动不动静静聆听着。拇指姑娘注意到了这些，急忙解下自己的腰带，一头系在叶子上，一头系在蝴蝶身上，跳起了优美的舞蹈。这时，一只非常大的金龟子飞了过来，它看到了一边唱歌一边跳舞的拇指姑娘，在她头上掠过的时候，一把抓住她那纤细的腰肢，将她带到了大河岸边的树上去了。叶片依然还是向前漂着的，停在上面的白蝴蝶也静静地随它漂走了，因为它被系在了叶子上不一起走也是不行的了。

“哦，上帝啊!”当拇指姑娘被带到天空中后，她感到非常害怕，她更为那只白蝴蝶感到伤心，要是无人帮它解开系在身上的腰带，它无疑将会被饿死的。

金龟子可不管白蝴蝶的命运到底会怎样，它选择了一片宽大的绿树叶让拇指姑娘坐下，接着还很热情地拿出香甜的花蜜来给她吃。金龟子上下打量着她一会儿接着说：“尽管你不像我们，但我认为你应该是这个世界上最美丽最迷人的姑娘了。”不久，其他的金龟子都听说了这件事，全都嚷嚷着争着来看看这位美若天仙的拇指姑娘。有两位自视清高的金龟子富家小姐还撇撇嘴非常傲慢无礼地说：“哎呀，腰这么细，也没有触角，只有两条小腿儿，什么也干不了的，就像人类，一定是很笨很笨的那种动物！”它们的看法得到了所有在场的金龟子小姐还有一些抱有同样观点女士的大加赞赏和认同，都一致认为拇指姑娘长得并不漂亮。而先前觉得拇指姑娘很漂亮的那只金龟子先生这时也觉得它们的话非常有道理，就不再喜欢她了，也不再给她蜜蜂吃了。它将拇指姑娘送到树下的一朵黄雏菊上面了，然后就这样扬长而去了。拇指姑娘坐在花瓣上又一次变得伤心起来，她自言自语道：“我长得一定是难看极了，连金龟子都不想再看我一眼了，在这个人生地不熟的地方，我一个人都不认识，我究竟该怎么办啊？”她感到非常的害怕。

可怜的拇指姑娘孤独一人在这个巨大的树林里住了足足有一个夏天。她用草叶替自己编了一张精美的小床，挂在了玫瑰枝头上，又摘下了一片牛蒡的叶子做顶篷，下雨的时候她就用来避免把自己淋湿。她每天喝树叶上甘甜甘甜的露珠，采集各种各样的花蜜作为食物，摘下雏菊和玫瑰的花瓣作为自己的衣服，来替换一下已经穿脏了的裙子。

夏天和秋天不久就过去了，寒冷的冬天悄然而至。鸟儿一群一群的向温暖的南方飞去了，拇指姑娘再也听不到它们优美的歌声了。树上的叶子也渐渐地枯黄了起来，花儿也开始枯萎了。拇指姑娘眼下没有一点可以充饥的食物了，衣服也非常的破旧了。终于下雪了，每一片雪花落到她身上，对她而言这简直就是一场巨大的灾难啊，拇指姑娘找不到一块能够栖身的地方，她又冷又饿，简直就要孤孤单单地死去了。她将自己的身体裹在一片干枯卷起的叶子里，寒风吹起树叶，带着她一起被带到了一片麦田里，麦子已经被割走了，只留下了光秃秃的麦茬还在那里。对拇指姑娘而言，这无疑是一片巨大树林了，只不过比原来那片树林要矮小许多，但这里和以前相比更宽敞了许多。好心的风儿将拇指姑娘放在了田鼠的洞口，她好像一个小乞丐一样站在那里请求田鼠一家人施舍给她点食物好充一下饥，她的确是太饿了，已经好几天没吃东西了。

田鼠大婶心地非常善良，她看到拇指姑娘这样可怜，于是对她说："请到屋里来和我一起吃些麦粒吧！"

拇指姑娘走进了洞里，里面和外面比起来简直是天上地下啊，非常的温暖，有一个整洁的厨房和一个不大的饭厅。田鼠大婶拿出了一些麦粒给她吃，她一边吃一边对田鼠大婶诉说着自己经历的不幸，田鼠大婶本来就是非常喜欢她，听了她的这种不幸的叫人伤心的遭遇后，心疼地说："你就别走了，在我这里度过了这个冬天再说吧，可你要将这间屋子里的卫生弄好啊，还要每天给我讲一个有趣又好听的小故事啊，我就是特别的喜欢听故事。"拇指姑娘非常愉快地答应了下来。

"我有一位邻居，每个礼拜都会来看我一次的，过几天他就又要来了。"田鼠大婶非常高兴地说，"他长得非常漂亮，而且非常富有，要是你能博得他的欢心，让他娶你做妻子，那你一生都衣食无忧。但是非常可惜的是他是个瞎子，你要给他讲有意思的故事听才行的。"拇指姑娘对她所说的事情一点兴趣都没有，因为她根本就不想嫁给一个瞎子了却此生。

过了没几天，田鼠大婶的邻居真的来了，他长得非常高，穿着黑天鹅绒做的袍子，他看上去很聪明，也的确十分富有，他住的房子比田鼠大婶的要大上二十多倍的。但是，他不喜欢太阳和各种美丽的鲜花，说它们非常的虚伪无用，由于他是一只鼹鼠，从来没看到过这些东西，所以根本就不相信那些东西。拇指姑娘为这位尊贵的客人唱了《金龟子呀，飞走吧！》和《牧师走上草原》两首歌，歌声非常的优美动听，鼹鼠先生就这样在不知不觉中喜欢上了她，但是他没有表露出来一点这样的迹象，他是一个绝顶聪明的人。

鼹鼠挖了一条地道，将他居住的房子和田鼠大婶的房子连通了起来。他邀请拇指姑娘和田鼠大婶在她们愿意的时候，随时来自己的家中做客聊天。他告诉她们，地道的拐弯处有一只鸟儿，不过她们根本就不用害怕的。因为那是一只已经死了的鸟，他是在挖地道的时候不经意间遇到的，等他将来有空儿时，他会将那只死鸟一起清理出去。

第二天，田鼠大婶和拇指姑娘去鼹鼠家里做客。鼹鼠非常礼貌地在前面引路，他嘴里叼着一块还不时冒出火星的干木头。因为地道里面非常的黑暗，伸手不见五指。当他们来到拐弯处的时候，果然发现地上躺着一只死鸟，确切说是一只燕子，他的脑袋埋在了翅膀下面，脚蜷在肚子里，一看就知道是被冻死的。鼹鼠用他的短腿踢了那只鸟一脚，鄙视地说："死了更好！天生就是一只笨鸟，每天就会唧唧喳喳地乱叫，没有一点用处，冬天一来，不是饿死便是会被冻死的！"

"你说得非常的正确，这些鸟一直觉得自己会唱歌，就很满足了，事实上这又有什么用呢？冬天一来，唯有死路一条了。"田鼠大婶也随声附和道。

拇指姑娘却只是在旁边一言不发，她心里感到非常伤心难过。她喜欢这些在夏天和秋天里为自己带来无比欢乐的小鸟儿们，是它们的歌声陪伴自己度过了那些非常寂寞的生活。当田鼠大婶和鼹鼠拐过弯以后，拇指姑娘蹲在地上，用手轻轻地拨开燕子的翅膀，亲吻了一下那双紧闭的双眼，又为他难过了好一阵子。

吃完饭，鼹鼠非常礼貌地把两位客人都送回家了。

当天夜里，拇指姑娘躺在自己的床上无论怎样都没有睡着，她老是在想那只已经死去的小燕子，于是，她干脆一下子就爬了起来，用干草编织了一个宽大暖和的被子，她沿着刚才走过的通道，来到那只燕子身边，将自己带来的被子轻轻地盖在了他身上，接着又在田鼠大婶的屋子里找来了一些不用的棉花，垫在了燕子身下，希望以此能减少泥土的一些冰冷温度，让他睡得更温暖一些。

"再见吧，我亲爱的小鸟儿！"她非常伤心地说，"谢谢你夏天里唱歌给我听啊，那时太阳是多么的温暖呀，花儿又是多么的灿烂啊，树木总是那么一片的郁郁葱葱，我会永远记得你，再见了！"她悲伤地将头贴在了燕子的胸脯上。忽然，她发觉燕子的心脏在轻微地跳动。哦，上帝啊！他原来并没有死啊，只是冻僵了而已，稍微有一些温暖，他就会很快活过来。

拇指姑娘感到非常惊喜，她虽然感觉有些害怕，但又是那么高兴，燕子与她相比起来，简直就是一个硕大的庞然大物啊，她真心诚意地希望燕子能够快点活过来。她鼓起勇气，将那床大被子的四个角按得紧紧的，又拿来自己用的被子，也盖在了燕子的头上。

第二天晚上，她又偷偷地溜进了那个地道里，燕子果真活过来了，只是依然还是在那里不能动弹，但他眼睛已经能睁开了。他看到了站在身边的这位美丽的拇指姑娘，她手里拿着一根点燃的火柴，他已经发现紧紧裹在自己身上的被子了，而且还有身下的一堆非常暖和的棉花。

“实在太感谢你了啊，可爱的小姑娘，谢谢你救了我的命啊，我现在已经不冷了，再过几天，我就能完全恢复体力了啊，飞出这黑暗的地道啊，飞到那暖和的阳光里去的。”燕子用非常微弱的声音说。

“可是，外面现在还在下雪呢啊，非常冷，你现在就住在这里吧，让我来好好照顾你。”拇指姑娘非常亲切地说。她取来一些水，亲自喂燕子喝了下去，燕子开始讲起了他那让人感到非常伤感的经历：“秋天刚刚过去不久，我就和别的燕子们结伴要飞往那温暖如春的南方去。在经过一个周围到处是刺的灌木林时，我的翅膀被不知道什么东西给擦伤了，飞得不知不觉慢了下来，就终于掉队了，所以我不得不留在这里了。冬天非常的冷，这个我是知道的，可我必须出来寻找食物啊，后来终于下起了雪，接下来的事情我就一点也不记得了。”

燕子在通道里住了整整一个冬天，拇指姑娘经常会给它送来一些水和少许的麦粒，由于长时间的接触和交往，她渐渐喜欢上了这只燕子，田鼠大婶和鼹鼠一点也不知晓燕子还活着的事情，他们都以为那只燕子肯定早已经死了的，而拇指姑娘也从未向任何人透露过。

冬天总算是非常漫长的过去了，温暖的春天终于来了。燕子在鼹鼠洞的顶部挖了一个小洞，马上就准备离开这里了，他问拇指姑娘是否愿意和它一起离开这里，他能用他不算宽阔但还是很用力的背驮着她一起飞出去的，飞到大自然的怀抱里。拇指姑娘认为田鼠大婶对自己一直都非常好，又非常喜欢她。要是她不辞而别了，田鼠大婶无疑会十分伤心的。

“谢谢你的好意了，可我现在不能离开！”拇指姑娘非常难过地说。

“那么只好再会吧，善良、美丽的小姑娘！”燕子说完就飞出了洞穴，飞到了放射出万道光芒的阳光中去了，飞到森林深处去了。拇指姑娘站在那里心里非常伤心地哭了，她感到了一种前所未有的失落感和痛苦感，因为事实上她已经深深地爱上这只朝夕相处了整整一个冬天的燕子了。自从燕子那天离开之后，她便时常站在洞口向远处张望着，庄稼一天天地长大了，不久就长得很高了，她现在眼前什么也看不见了。

不久，炎热的夏天又到了。有一天，田鼠大婶对拇指姑娘说："你需要现在就缝制一下自己的新嫁衣了啊。"瞎眼的鼹鼠已经向你求婚了啊，而田鼠大婶也代她一口答应了下来了。

"作为鼹鼠的夫人，你需要多准备几套美丽的衣服，要准备出门做客时穿的衣服，平时家里穿的棉布衣服，睡觉时穿的丝绸睡衣，等等。我为你带来了蚕线、毛丝还有一些棉花，你将它们纺成线，赶快做成一些漂亮的衣服吧！"鼹鼠对他的未婚妻非常满意地说。

拇指姑娘坐在了纺车前纺线，鼹鼠请来四只蜘蛛夜以继日地织布，田鼠大婶也在一旁帮助着裁剪缝纫。每天夜里，鼹鼠都来看望自己的未婚妻，他说太阳实在是太可恶了，将泥土晒得又干又硬的，他现在正在设计一个新房呢，可现在打起洞来却相当的费劲啊……

拇指姑娘却在一旁闷闷不乐，她非常讨厌鼹鼠，因为他不仅是个瞎子，而且还很虚伪的，也很阴沉可怕的，她也不喜欢整天待在黑暗的地洞里。她每天都独自地走到门那儿去，当风儿吹倒麦穗时，她就会看到蔚蓝色的天空，她想象着外面的世界是如何的美，如何的多姿多彩！她还是非常思念那只很长时间没见的燕子，希望能够再见到她曾经一直爱着的人，她现在有些后悔了，后悔自己当时没有和他一起离开这个鬼地方。

秋天来了，拇指姑娘所有的嫁衣都做好了，鼹鼠也将新房都全部布置好了。

"再过一个多月，你们就要结婚了啊！"田鼠大婶非常兴奋地说。拇指姑娘却非常伤心地哭了。

"我不想结婚啊，我非常讨厌他。"拇指姑娘大声哭着说。

"你在胡说些什么呀！你实在是太傻了啊。鼹鼠多么有才华呀，他有数不尽的房产，有用之不竭的粮食，他穿的比国王还要漂亮和富丽堂皇，而且又是那么的聪明，你应该感谢上帝给了你一个这么优秀难得的丈夫才对啊，你再说刚才那些鬼话我就一口咬死你。"田鼠大婶有些生气地说。

举行婚礼的日子终于到了。鼹鼠亲自来迎接他美丽动人的新娘来了。

拇指姑娘请求鼹鼠让她再去洞口看一眼那明媚的阳光，因为和他成婚以后，她就再难以看见眼前的这一切了。

拇指姑娘一个人呆呆地站在洞口，双手伸向了蔚蓝色的空中，就好像要去拥抱太阳，她十分伤心地说：“再见啦，亲爱的太阳！”庄稼已经收割了，只留下那干枯的麦茬了，她看到了一朵野雏菊，于是就慢慢走了过去，用双臂紧紧地抱住它，说：“再见了，我美丽的花儿，你是多么的快乐呀，能够尽情地沐浴着大自然的阳光，呼吸这个世界最清新的空气，要是你见到那只小燕子的话请代我向他问好啊。”

“啾啾……”是一只燕子的叫声。

拇指姑娘感觉这声音是那么的熟悉啊，她抬起头，真的是那只已经飞走了很久的燕子，他由于太想念拇指姑娘而回来了。她向燕子诉说着她内心的痛苦，拇指姑娘说非常不愿意做那个丑陋阴沉鼹鼠的妻子，她说她也非常地讨厌在黑黢黢的地道里过完自己的一生，她一边说一边哭着，是那么的伤心。

“美丽善良的小姑娘啊，寒冷的冬天马上就要来到了，我要飞往南方去了，那里气候温暖，一年四季都是春天的，那里的太阳更是明媚无比啊，花儿也非常的漂亮。你愿意和我一起去美丽如诗如画的南方吗？离开那个讨厌的鼹鼠和那个黑暗的洞穴，和我一起远走高飞吧！”燕子非常自信地说。

“我愿意跟你走！”拇指姑娘非常高兴地说。说完，她立刻骑在了燕子宽阔的背上，将自己的腰带也紧紧地系在了他的一根粗大的羽毛上。燕子带着他的救命恩人飞向蔚蓝色的天空，飞过一片片大森林，不久就追上了他的同伴们。他们一起飞越高山大海，翻过重重的雪山，拇指姑娘一头埋进了燕子温暖的羽毛里只露出个小小的脑袋欣赏自己脚下的一切美丽的景色。

他们终于到了美丽的南方了，这里实在是太美了啊，蔚蓝色的天空飘着朵朵白云，山峦连绵起伏，树林浓郁苍翠，绿色的大地上点缀着形形色色、小巧玲珑的各种各样的建筑物，园林里生长着金黄色的橘子、紫色的葡萄，红彤彤的苹果，实在是数不胜数啊……一群孩子们奔跑着追逐着各种颜色艳丽的花蝴蝶。

燕子驮着拇指姑娘继续前行着，一直飞到了一个古代的宫殿前才停了下来。这里有山，有水，还有一片美丽迷人的大森林。宫殿就位于那片森林的旁边，它是用白色大理石砌成的，墙壁上还有圆柱上都爬满了青青的常青藤，屋檐上、柱顶上都筑有许多大小不等的燕窝，燕子们便居住在了这里。

“这就是我的房子了。”燕子指着其中一个鸟巢对美丽的拇指姑娘说：“你瞧，下面盛开着好多好多美丽的鲜花呢，你可以挑选你觉得最好的一朵做你自己的家。”

“那简直太好了啊！”拇指姑娘拍着一双小手十分激动地说。

在一片大理石的沙砾上，长着无数白色的花朵，它们是那样的鲜亮美丽。拇指姑娘选了其中最大的一朵作为自己的家，随后，燕子飞下来将她放在一片宽阔的花瓣上面。她惊奇地发现，花蕊上坐着一位和她大小完全相同的美男子，他皮肤白皙，还长着一双美丽的翅膀，脑袋上还戴着一顶金色的王冠，原来他是一个天使啊。这里的每一朵花里都住着这样的一个天使，但是这朵花里住的是众天使中的国王。

“哦，上帝啊，他实在是太漂亮了，简直是太可爱了！”拇指姑娘轻声对燕子说。

国王非常害怕这只又高又大陌生的燕子。可是，当他发现拇指姑娘后马上就变得高兴起来，因为他从未见过这么漂亮的女孩子。他心甘情愿地取下自己头上的王冠戴在了拇指姑娘的头上，问她叫什么名字，从何处来，愿不愿意做和他共度此生的妻子。

拇指姑娘认为他比癞蛤蟆和鼹鼠要强上千倍，于是就非常高兴地答应了他的求婚。

每个天使都来祝贺他们了，每人而且还带来了一件礼物送给他们的新皇后，有花蜜、衣服……其中最好的礼物就是一对透明的翅膀了，国王把这对翅膀也系在她自己的背上，从这以后，她也能够在花丛中纵情的自由自在地穿梭了。

燕子十分喜欢这位貌若天仙的拇指姑娘，可看到她已经有了一个非常好的归宿时，自己的心里依然还是非常高兴，他唱起了那支优美的歌，同样也祝福他们永远幸福。

“你现在的名字多难听呀！我重新给你取一个更加优美的名字吧，就叫玛娅[1]，这个名字符合唯独属于你的美丽和高贵的。”国王对拇指姑娘无限爱恋地说。

玛娅结婚之后，生活得非常的美满幸福，她的朋友燕子也经常来看望她。很快春天到来了，燕子又要离开这里了，飞回更加凉爽一些的北方去了。在北方他把家安置在了北欧的丹麦，在一户人家的屋檐下，这个房子的主人是一位非常有名的作家。后来这位非常绅士的燕子也结婚了，他常常对自己的妻子讲述起那位拇指姑娘的动人故事，并且一直怀着对她深深的思念之情。作家听到了他们的谈话后，一个让人心情激动的久久不能平静的美丽故事就这样诞生了。

---

① 在希腊神话里玛娅是阿特拉斯和普勒俄涅所生的七个女儿中最大的一位，也是最美的一位。

# 白雪皇后

## 第一个故事　关于一面镜子和它的碎片

请注意！现在我们要准备讲了。当我们听到这故事的结束的时候，我们就会了解比现在还要多的事情，因为他是一个很坏的小鬼。他是一个相当坏的家伙，因为他是恶魔。有一天他非常愉快，因为他制作出了一面镜子。这镜子有一个神奇的特点：那就是，一切漂亮的和美好的东西，在里面一照，就缩做一团，化为泡影；可是，一些没有意义和丑陋的东西都会显得尤为突出，而且看起来比原样还要糟。最美丽的景色在这镜子里就会像腐烂了的菠菜；最美丽的人不是现出使人憎恶的样子，就是头朝下，脚朝上，没有身体，面孔变了样，认不出来。如果你有一个雀斑，你不用想了，它可以增长到盖满你整张脸。

恶魔说：这真有趣。当一个美丽和善良的思想在一个人的心中出现的时候，它就在这镜子里显露成为一个扭曲的怪笑。于是魔鬼对于他这神奇的创造就发出自满的奸笑来。那些进过魔鬼学校的人——因为他开了一个学校——走到哪里就自夸到哪里，说是如今有一个什么奇迹出现了。他们说，人们第一次能看到世界和人类的真面目。他们捧着这面镜子四处乱跑，弄得所有国家和民族都在里面被歪曲了。现在他们竟然想飞到天堂去，去嘲笑一下天使或“我们的上帝”。这镜子和他们飞得越高，它就越露出些怪笑。他们几乎快捧不住它。他们越飞越高，飞到上帝和天使面前。于是镜子和它扭曲的怪笑开始恐怖地抖动，以致它从恶魔们手中跌到地上，跌成无数的碎片。这样，镜子就做出比之前还要更可怕的事情来，因为有很多碎片比沙粒还要细小。它们在世界上乱飘，只要它们一飞进人们的眼睛里去，它们便贴在那里不动。这些人看起来也没有什么不对头，或者只看到事物的不好的一面，那是由于每块小小的碎片仍然具有整个镜子的魔力。有的人甚至连心里都藏有这样一块镜子，结果很遭糕，这颗心就变成了冰块一样。

有些碎片很大，都可以做窗上的玻璃，然而要透过这样的玻璃去看自己的朋友可是很不好的。然而有些碎片被做成了眼镜。如果有人戴上这样的眼镜去正确地看待东西或公正地判断事物，那也是错误的。这会引来魔鬼大笑，把肚子都笑抽筋了，因为他对这样的事情感到很爽快。不过外边仍然有几块碎片在空中飞舞着。现在我们听听吧！

## 第二个故事　一个小男孩和一个小女孩

在一个大城市里，房子和居民是非常多的，空间是很少，人们连一个小花园也得不到。于是大多数的人只好在花盆里种几朵花了。这里住着两个穷苦的孩子，他们拥有一个比花盆还要略为大一些的花园。他们并不是亲兄妹，不过他们非常亲密，就如同兄妹一样。他们的父母住在相对的两个阁楼里。两家的屋顶几乎要撞到一起；两个屋檐下面有一个水笕；每间屋子有着一个小窗。人们只要越过水笕就可以轻松从这个窗子跳到那个窗子里去。

两家的父母都各有一个大匣子。它里面种着一棵小玫瑰和他们所需要用的蔬菜。每个匣子里的玫瑰都长得非常漂亮。如今这两对父母决定把匣子横放在水笕上，这样匣子的两端几乎要抵着两边的窗子，如同两道开满了花的堤岸一样。豌豆藤悬挂在匣子上，玫瑰伸出长长的枝叶。它们在窗子上盘着，互相缠绕起来，这差不多像一个绿叶和花朵织成的凯旋门一样。由于匣子放得很高，孩子们都知道他们不可以爬到上面去，然而有时他们会偷偷爬上去，两人来到一起，在玫瑰花下坐在他们的小凳子上。他们可以在这儿尽情玩个痛快。

这种消遣到冬天就结束了，窗上经常结满了冰。但是这时他们就在炉子上放一个铜板，然后把它贴在窗玻璃上，化出一个小小的、圆的洞来！每个窗子的洞后面有一个美丽的、有神的眼珠在偷望。这也就是那个小男孩和那个小女孩。男的名字叫加伊，女的叫格尔达。

在夏天，他们只须轻轻一跳就能来到一起；不过在冬天，他们必须先走下一大段楼梯，然后再爬上一大段楼梯。此时外面在飞着雪花。

年老的祖母说："那其实是白色的蜜蜂在集合。"

那个小男孩子问："它们中也有一个蜂后吗？"因为他知道，真正的蜜蜂群中都有一个蜂后来领导。

"是的，当然有一个！"祖母说，"只要是蜜蜂最密集的地方，她都会飞来的。她是最大的一只蜜蜂。她不会在这世界上安安静静地呆着；她很快就飞到浓密的蜂群中去了。她经常在冬夜里飞过城市的街道，朝窗子里面看。窗上结着奇形怪状的冰块，就像开着花朵似的。"

两个孩子齐声说："是的，这个我看到过了！"他们知道这是真的。

小女孩子问："雪后可以走进这儿来吗？"

"只要你能让她进来，"男孩子说，"我就要让她坐在温暖的炉子上，那么她一定会融化成水了。"

然后老祖母把他的头发理了一下，又开始讲些别的故事。

晚上，当小小的加伊在家里衣服脱下了一半的时候，他就爬到窗旁的椅子上去，从那个小洞孔朝外望。发现有好几片雪花在外面缓缓地下落，它们之中最大的一片落在花匣子的边上。这朵雪花越来越大，最后变成了一个女人。她披着非常细的，如同无数星星一样的雪花所织成的白纱。她十分美丽和娇嫩，不过她是一块发着亮光的，闪耀着的冰块所形成的。然而她却是有生命的：她的眼睛发出光，像两颗明亮的珍珠；不过她的眼睛里既没有和平，也没有安静。她对着窗子点头和招手。这个小男孩很害怕。他跳下椅子，他认为窗子外面好像有一只巨鸟在飞过去一样。

第二天下了一层寒霜……接着就是融化……然后春天到来了。太阳当空照耀着，绿芽冒出来了，燕子开始筑起巢，窗子都开了，小孩子们又可以高高地坐在楼顶水笕上的小花园中了。

玫瑰花在今年夏天开得分外美丽！小女孩背下来了一首圣诗，那里面提到玫瑰花。说起玫瑰花，她又不禁想起了自己的花儿。所以她就对小男孩子唱出这首圣诗，并且他也唱起来：

山谷里玫瑰花长得丰茂，
那儿我们遇见圣婴耶稣。

这两个小孩儿手挽着手，吻着玫瑰花，望着如同上帝般光耀的太阳，对它讲话，仿佛圣婴耶稣就在那儿一样。这是一个多么晴朗的夏天啊！在外边，在那些玫瑰花丛之中，一切都是多么美丽啊——这些玫瑰花好像永远都在盛开一样！

加伊和格尔达坐着看画有鸟儿和动物的画册。此时那个大教堂塔上的钟刚好敲了五下。于是加伊说：

“啊！好像有东西刺着我的心！有东西进到我的眼里去了！”

小女孩子立刻搂着他的脖子。他眨着眼睛。然而，他什么东西也没有看见。

“我想没事儿了！”他说。但是事实上并不是这样。落下来的正是从那个魔镜上裂下来的一块玻璃碎片。我们还记得非常清楚，那是一个妖镜、一块丑恶的玻璃。它会把所有伟大和善良的东西都照得藐小和可憎，但是它还会把所有鄙吝和罪恶的东西映得清楚放大，同时把每一件东西的缺点让大家都注意到。可怜的小加伊的心里也粘上了这样一块碎片，而他的心也就很快变得像冰块一样。他并没有感到不愉快，但是碎片却已经藏在他的心里。

他问：“你为什么要哭呢？这把你的样子弄得真难看！我一点也不喜欢这个样子。呸！”他突然大叫了一声：“那朵玫瑰花都被虫吃掉了！你看，这一朵也长歪了！它们根本就是一些难看的玫瑰！它们就像栽着它们的那个匣子一样难看！”

于是他把这匣子狠狠地踢了一脚，并且把那两棵玫瑰花全拔掉了。

小女孩叫起来：“加伊，你在干嘛？”

他一看到她吃惊的样子，又马上拔掉了另一株玫瑰。于是他自己跳进他的窗子里去，不管在外边的温柔的小格尔达。

当她后来拿着画册跟着走进来的时候，加伊说这书本根本就是给吃奶的小孩子看。当祖母在讲故事的时候，他总是不礼貌地插进去一个“但是……”只要他一有机会，他就偷偷地跟在老祖母的后边，戴着一副老花镜，学着她的模样讲话：他学的样子很巧妙，使得大家都对他笑起来。之后他又学会了模仿街上行人的谈话和走路。只要是人们身上的古怪和难看的东西，加伊都会去模仿。大家都说：“这个孩子，他脑子一定坏掉了！”当然这全是因为他眼睛里和他心里都藏着一块玻璃碎片，他才会这样。他甚至于还讥笑起这位一心一意爱他的格尔达——小小的格尔达来。

他的游戏显然和从前也有些不同了，他玩得比以前聪明得多。在冬天的某一天，当雪花正在飞舞的时候，他拿着一面放大镜走出来，托起他蓝色的上衣，接了一些雪花。

他说：“格尔达，你快来看看这面镜子吧！”

每一片雪花都被放大了，变成一朵美丽的花儿，或一颗有十个尖角的星星。这真是非常奇特。

“你看，这是多么奇特啊！”加伊说，“这可比真正的花儿要有趣得多：它里面一点问题都没有——只要它们不融化，它们永远都非常整齐的。”

没多久，加伊戴着厚手套，背着一个雪橇走了过来。他对着格尔达的耳朵叫着说：“我现在可以到广场那儿去——那里有许多别的孩子都在那儿玩耍。”然后他就走了。

在广场上，那些胆子大的孩子常常把他们的雪橇拴在乡下人的马车后面，然后坐在雪橇上跑好长一段路。他们跑得非常兴奋。当他们正在玩耍的时候，突然有一架大雪橇滑过来了。它非常雪白，上面只坐着一个身穿厚毛的白皮袍，头戴厚毛的白帽子的人。这雪橇绕着广场滑了两圈。于是加伊立刻把自己的雪橇系在它的上面，跟着它一起滑。并且它越滑越快，一直滑到旁边的一条街上去。滑着雪橇的那人把头转过来，和善地对加伊点了点头，他们仿佛是彼此认识一样。每次当加伊想解开自己的小雪橇的时候，这个人就又转向跟他点点头，所以加伊就又一直坐着。这么着，他们一直滑出了城门。这时雪花开始密密地下着，加伊伸手却看不见手掌，但是他还是在继续向前滑。他立刻急速地松开绳子，很想从那个大雪橇上摆脱开来。然而却毫无用处，他的小雪橇系得很紧。它们就像风一样地向前滑。这时他就大声地喊起来，但是没人理他。雪花还在飞着，雪橇也在滑着。它们时而向上一跳，好像它们在飞过篱笆和穿过沟渠一样。他害怕起来。他想念念祷告，不过他现在只记得起那张乘法表。

雪越下越大，最后雪花看起来如同一只巨大的白鸡。那架大雪橇忽然向旁边一跳，停住了；然后那个滑雪橇的人站起来。这人的皮衣和帽子全部都是雪花做成的。原来她是一个女子，长得苗条漂亮，全身还闪着白光。她就是白雪皇后。

她说："我们滑行得非常好，但你好像冻得发抖吧？来钻进我的皮衣里头来吧。"

她把加伊抱进她的雪橇，让他坐在自己的身边，并且用自己的皮衣把他裹好。他顿时觉得像是坠到雪堆里去了一样。

她问："你还感到冷吗？"与此同时把他的前额吻了一下。

啊！这一吻比冰块还要冰！它一直透进加伊那一半已经成了冰块的心里——他都觉得自己好像快要死亡了。不过这种感觉没有持续多长时间，他又马上觉得舒服起来。他也感觉不到周围的寒冷了。

"我的雪橇！千万不要忘记我的雪橇！"

这是他所记起的第一件事情。他的雪橇已经是被牢牢地拴在那只白鸡上了，而这只白鸡正背着他的雪橇在他们后面飞着。白雪皇后又将加伊吻了一下。于是他就完全忘记了小小的格尔达、祖母和家里全部的人。

白雪皇后说："你现在再不需要什么吻了，因为如果你再要的话，你会死的。"

加伊看着她，她是那么美丽，他再也找不出比这更睿智和聪明的面孔。和原来她坐在窗子外边对他招手时的那副模样完全不同，她现在根本不像是雪做的。在他的眼中，她是完美无缺的；他丝毫感不到一丝害怕。加伊告诉她，说他会心算，连分数都能算得出来；他清楚国家的整个面积和居民的数量。她只是微笑着。这时他好像觉得，他所知道的事情还太少。他抬头向广阔的天空望去；她带着他一起飞到乌云上面去了。暴风在吹着、呼啸着，就像在唱着古老的旋律。他们飞过树林和湖泊，穿过大海和陆地；在他们的下边，寒风在呼啸，豺狼在咆哮，雪花在发出闪光。上空飞着一群大叫的乌鸦。但更上面有一轮明朗的月亮，加伊就在这整个漫长的冬夜里一直望着它。天亮的时候在雪后的脚边睡着了。

## 第三个故事　一个会变魔术的女人的花园

当加伊一直没有回来时，小小的格尔达的心情是什么样呢？他去什么地方去了呢？没什么人知道，谁也没有带来任何消息。一些男孩子告诉她说，他们见到他把雪橇拴到另一个漂亮的大雪橇上，开上街道，然后滑出了城门。没人知道他在什么地方。许多人为他流过眼泪，小小的格尔达哭了很久，非常伤心。后来大家都认为他已经死了——也许是落到流过城边的那条河里淹死了。唉，那是多么黑暗和漫长的冬天啊！

如今春天带着温暖的太阳光来了。

小小的格尔达说："加伊死了，消失了！"

"我才不相信！"太阳光说。

"他死了，消失了！"她对燕子说。

"我不信！"它们回答说。最后，小格尔达连自己也不相信加伊死了。

她有一天早晨说："我要穿起我的那双新红鞋，那双加伊从来都没有看到过的鞋子。然后我就到河边去，来寻找他！"

这时天还很早。她吻了一下还在睡觉的老祖母，于是便穿上她的那双红鞋，独自走出城外，到河边去了。

"是你把我亲爱的玩伴带走了吗？如果你能把他还给我，我就把这双红鞋送给你当回礼！"

她好像觉得波浪在对她奇怪地点着头，所以她脱下她最心爱的红鞋，将它抛到河里去。然而它们落得离岸很近，浪花又把它们冲回给她，送到岸上。这条河就像不愿意接受她这件最心爱的东西一样，因为它根本没有把她的亲爱的加伊夺走。然而她认为她把这双鞋抛得太近了。所以她就钻进停在芦苇中的一条船上去。她来到船的另一头，把这双鞋扔了出去。但是这船并没有系牢，她一动这船就从岸边漂走了。她一看到这情形，就想马上离开船，可是在她还没有到达另一头之前，船已经离开岸有一亚伦①

---

① 丹麦的长度名称，等于0. 627米。

远了。它漂得比之前更快了。

小小的格尔达十分害怕，开始大哭起来。但是除了麻雀以外，谁也听不见她的声音，而麻雀却不能将她送回到陆地上来。不过麻雀们沿着河岸飞，唱着歌，如同是要安慰她一样：“还有我们！还有我们！”这船顺流而下。年幼的格尔达脚上只穿着袜子，只好坐着不动。她的一双小红鞋就在她后边浮着。但是它们漂不到船边来，因为船漂得太快了。

两岸很漂亮的。岸上长着美丽的花儿和古树，山坡上有牛羊，可是却没有一个人。

格尔达想：“没准这条河会把我送到小加伊身边去吧。”

这样她的心情就好多了。她站起来，把两边美丽的绿色的河岸欣赏了好久。很快她就来到了一个很大的樱桃园中。这里面有一座很小的房子，它上面有一些奇怪的蓝窗子和红窗子，还有茅草扎的屋顶，外面还站着两个正向所有乘船路过的人敬礼的木头兵。

格尔达喊着他们，因为她觉得他们是真正的兵士。当然他们是不会回答的。当河已经把船漂到岸边了，她来到了他们的近旁。

格尔达就更大声地喊起来。这时有一个非常老的女人拄着拐杖走出来了：她戴着一顶上面绘着许多美丽的花朵的大草帽。

“可怜的小宝贝！”老女人说，“你怎么会来到了这个水浪滚滚的河上，漂到这么远的地方来呢？”

然后这老太婆就走下水来，用她的拐杖把船钩住，然后把它拖到岸旁，把小小的格尔达抱了下来。

格尔达很高兴，现在终于又回到了陆地上来了，当然她有点害怕这位陌生的老太婆。

“来吧，告诉我你叫什么、是怎样到这里来的吧。”她说。格尔达把一切都告诉她了。老太婆摇了摇头，说：“哼！哼！”当格尔达把一切说完了，问她有没有见到过小加伊的时候，老太婆说他还没有来过，但是他一定会来的，格尔达不需要太伤心，她可以先尝尝樱桃，看看花草，它们比其他画册上画的都漂亮，而且它们还都能讲一个故事。于是老太婆牵着格尔达的手，把她带到一个小屋子里去了，之后老太婆便把门锁起来。

窗子开得非常高，玻璃也都涂上了红色、蓝色和黄色。日光很奇怪地照进来，变成了许多不同的颜色。桌上放着很多非常好吃的樱桃。格尔达尽量地大吃一通，因为她能多吃一点，也没有关系。正当她在吃的时候，老太婆就使用一把金梳子梳着她的头发。她的头发鬈变成了长串的、漂亮的黄圈圈，在她善良的小面孔上垂下来，如同盛开的玫瑰花一样。

“我很早以前就想有一个像你一样可爱的小女孩了，”老太婆说，“现在，我们两人就会永远幸福地生活在一起！”

当老太婆在梳着格尔达的头发的时候，她就逐渐地忘记了她的玩伴加伊，因为这个老太婆对她使用魔术，不过她却不是一个恶毒的巫婆。她只是为了自己的兴趣而要一点小幻术，并且她想把小小的格尔达留在这儿。于是她现在走到花园里去，用她的拐杖指着这些玫瑰花。虽然这些花都开得很美丽，但是很快它们就都沉到黑地底下去了：没人知道，它们原来到底是在什么地方。老太婆很担心：如果格尔达看见了玫瑰花，她就一定会想起自己的花，于是也就记起了加伊，结果必定会离开。

她现在把格尔达领到这个花园中去。啊！这里面可真香，真美啊！这里盛开着人们见到过的所有的花儿和每季的花儿：所有画册也没有这里多彩，这样美丽。格尔达高兴得跳起来。她一直玩到了太阳落在高高的樱桃树后面之后。夜里她在一个漂亮的床上睡觉；鹅绒被是红绸子做的，里面还装有蓝色的紫罗兰。她在这里睡着了，做了很多奇异的梦，如同一个皇后在新婚的那天一般。

第二天她又开始在温暖的太阳光下和花儿一起嬉戏——这样过了很多天，格尔达认识了这里的每一种花。虽然花的种类多，她总还觉得好像缺少一种，不过到底是哪一种，她记不起来。有一天她坐着发现老太婆草帽上所画着的花儿：它们之中最漂亮的一种是一朵玫瑰花。当老太婆园子中的玫瑰花藏到地底下去的时候，她忘记把帽子上的这一朵藏起来。的确，一个人如果不留神，结果总会是这样的。

格尔达问：“为什么，这儿没有玫瑰花吗？”

于是她跳进花畦中间去，找来找去，但是始终她一朵也没找到。这时她就坐在地上大哭起来：她的热泪恰好落在一棵玫瑰花沉下的地方。当热泪把土润湿了之后，这棵玫瑰就马上冒出来，正如它坠入土里时那样，开出茂盛的花。格尔达拥抱着它，吻了吻玫瑰花朵，于是她便想起了家中的那些漂亮的玫瑰花，同时也想起了消失的加伊。

“啊，我怎么耽误了这么多时间啊！”小姑娘说，“我还要去找加伊！你们清楚他在什么地方吗？”她问那些玫瑰花。“你们知道他死了没有啊？”

“他肯定没有死！”玫瑰花朵说，“我们曾经在地下呆了一段时间。所有的死人都在那里。然而加伊却并不在那里！”

“太谢谢你们啦！”小小的格尔达说。然后她走到别的花朵面前去，向它们的花萼里面望，并且问：“你们知道加伊在哪里吗？”

然而每朵花都在晒太阳，想自己的故事或童话。这些故事或童话格尔达听了很多很多，但是没有哪朵花了解关于加伊的一点儿消息。

卷丹花说了些什么呢？

你听到过鼓声“咚——咚”吗？它总是只有这两个节奏：咚——咚！来听妇女们的哀歌吧！来听祭司们的呼唤吧！印度的寡妇穿着红长袍。立在火葬堆上①。火焰朝她和她死去了的丈夫的身体燎上来。不过这个印度寡妇在想着站在她周围那群人中的一位活着的人：这个人的眼睛烧得比火焰还要灼热，他眼睛里的火穿进她的心，比这快要把她的身体烧成灰烬的火焰还要灼热。心中的火焰会在火葬堆上的火焰里死去吗？

小小的格尔达说：“这个我完全听不懂！”

“这就是我所讲的童话故事。”卷丹花说。

牵牛花说了些什么呢？

在一条窄狭的山路上现出一幢古老的堡寨。它古老的红墙上生满了密密的长春藤。叶子一片接一片地向阳台上爬。阳台上站着一位美丽的姑娘。她在栏杆上弯下腰来，向路上看了一眼。任何玫瑰花枝上的花朵都没有她那样新鲜。任何在风中吹着的苹果花都没有她那样轻盈。她的美丽的绸衣服发出清脆的沙沙声！“他还没有来吗？”

“你指的是加伊吗？”小小的格尔达着急问。

“我只是讲我的童话，那是我的梦呀！”牵牛花回答说。

---

① 在封建时代，印度的妇女死了丈夫后，常常在土堆上把自己烧死，表示贞节。

雪球花讲的什么故事呢？

有一块长木板呆在树间的绳子上，这是一个秋千。两个漂亮的小姑娘，穿着雪一样白的衣服，戴着飘有长条绿丝带的帽子，正坐在这上面打秋千。她们的哥哥站在秋千上，用手臂挽着绳子来稳住自己，因为他一只手托着一个小环，另一只手拿着一根泥烟嘴。他在吹肥皂泡。秋千飞起来了，五光十色的美丽的肥皂泡也飞起来了。最后的一个肥皂泡还挂在烟嘴上，在风中摇摆。秋千在飞着；一只像肥皂泡一样轻的小黑狗站在它的后腿上，也想爬到秋千上面来。秋千继续在飞，小狗滚下来，叫着，生着气。大家都笑它，肥皂泡也爆裂了。一块飞舞的秋千板和一个爆裂的泡沫——这就是我的歌！

"你所讲的这个故事真的很精彩的，但是你讲得那么凄惨，而且你也没有提到过加伊。"小小的格尔达说。

风信子说了些什么呢？

从前有三个美丽的、透明的、娇滴滴的姊妹。第一位穿着红衣服，第二位穿着蓝衣服，第三位穿着白衣服。她们在明朗的月光中，手挽着手在一个寂静的湖边跳舞。她们并不是山妖，她们是人间的女儿。空气中充满了甜蜜的香气！这几位姑娘在树林里消逝了。于是香气变得更浓厚。三口棺材——里面躺着这三位美丽的姑娘——从树丛中飘到湖上来。萤火虫在它们上面飞，像些小小的飞灯一样。这些跳舞的姑娘们在睡觉呢，还是死去了。花的香气说她们死了，同时暮钟也在发出哀悼的声音！

"你们使我感到非常难过的，"年幼的格尔达说，"你们发出如此强烈的香气，让我不禁要想起那几位死去了的姑娘。嗨，加伊难道真的死了吗？玫瑰花曾经到地底下去看过，它们说没有死啊。"

"叮！当！"风信子的铃敲起来了。"我们才不是为小小的加伊而敲——我们又不认识他！我们只是唱着我们自己的歌——我们所会唱的唯一的歌。"

于是格尔达走到金凤花那里去。这花在光耀的绿叶中微笑着。

格尔达说："你真是一轮光耀的小太阳啊，假如你知道的话，请告诉我，我在哪里可以找到我的玩伴加伊吗？"

金凤花发出炫丽的光彩，然后又把格尔达看了一眼。金凤花会唱出一支什么样的歌呢？虽然这歌跟加伊没有什么关系。

“在一个小院落里，我们上帝的太阳在春天的第一天暖洋洋地照着。它的光线在邻人屋子的白墙上滑行着。在这近旁，第一朵黄花开出来了，在温暖的阳光里像金子一样发亮。老祖母坐在门外的椅子上。她的孙女——一个很标致的可怜的小姑娘——正回到家来做一个短时间的拜望。她吻着祖母。这个幸福的吻里藏得有金子，心里的金子。嘴唇是金子，全身是金子，这个早晨的时刻也是金子，这啦！这就是我的故事！”金凤花说。

格尔达叹了一口气说：“我可怜的老祖母！她一定非常想念着我，在为我而担心，正如她在为加伊担心时一样。不过我很快就要回家去了，带着加伊一起回家去。询问这些花儿一点用处都没有。它们只知道唱出自己的歌，一点消息也不知道！”于是她为了可以跑得快一点，把她的小罩衫扎了起来。可是就当她在水仙花上跳过去的时候，水仙绊住了她的腿。她停下来看看这棵长长的花，并且问：“也许你知道一点关于加伊的消息吧？”

于是她向这花儿弯下腰来。听它来讲故事！

“我能看见我自己！我能看见我自己！”水仙花说，“我的天！我的天！我是多么香啊！在那个小小的顶楼里面立着一位半裸着的小小舞蹈家：她一会儿用一条腿站着，一会儿用两条腿站着。她的脚跟在整个世界上跳。她不过是一个幻象罢了。她把水从一个茶壶里倒到她的一块布上——8 这是她的紧身上衣——爱清洁是一个好习惯！她的白袍子挂在一个钉子上。它也是在茶壶里洗过、在屋顶上晒干的：她穿上这衣服，同时在颈上围一条橙子色的头巾，把这衣服衬得更白了。她的腿跷起来了。你看她用一条腿站着的那副神气。我能看见我自己！我能看见我自己！”

“我一点儿兴趣都没有！”格尔达说，“而且这对于我一点意义也没有！”然后她就跑到花园的尽头去。发现门是锁上了。然而她把那生了锈的锁摇了几下，这锁便松了，门也自动地开了。于是小小的格尔达打着一双光脚跑到外面去。她回头看了三次，都没有人在追她。最后她实在跑不动了，她在一块大石头上坐了下来。当她向周围一看的时候，才发现夏天已经过去了——这已经是晚秋的时节。而在那个美丽的花园中，根本注意不到这种事情——因为那儿永远有太阳光，永远有四季各种花。

“哦！我耽误了这么多时间啊！”小小的格尔达说，“这都已经是秋天了！我不可以再休息了！”于是她起身继续向前跑去。哦！她的一双小脚是变得非常发酸和疲累啊！四周是一片寒冷和阴郁的景色。柳树的细长叶子都已经黄了，夜雾在它们上面变成水滴下来。叶子在萧萧地落下。只有山楂结着果实，但酸得都使牙齿脱落。啊！在这个茫茫的世界中，是多么灰色和凄凉啊！

## 第四个故事　王子和公主

格尔达又必须休息一下。在她歇着的那块地方的对面，有一只大乌鸦在雪上跳过去了。乌鸦已经坐了很长时间，呆望着她，转动着自己的头。然后它说：“呱！呱！你好！你好！”这是它可以发出的唯一一种声音，对于这个小姑娘它非常有好感的。它问格尔达单独在这个茫茫的大世界里到底想要到哪里去。格尔达这才深深地体会到“孤独”这个词的意义。她把她的全部经历全都告诉了这只乌鸦，并且问它有没有见到过加伊。

乌鸦想了想点点头，然后说：

“好像看到过！好像看到过！”

“什么，你真的看到过吗？”小姑娘兴奋地叫起来，几乎把乌鸦搂得要闷死了——她是那样热烈地吻它。

“轻点儿！轻点儿！”乌鸦说，“我想那很可能就是加伊！不过他很可能因为那位公主就把你忘掉了！”

格尔达问：“他和一位公主住在一起吗？”

“是的，你听吧！”乌鸦说，“不过要讲你说的这种语言，对于我实在太难了。如果你能听懂乌鸦的语言就好了，这样我可以讲得更清楚了！”

“不成，我听不懂！”格尔达说，“不过我的祖母懂得，也能够讲这种语言。我只但愿我能听懂。”

“这倒没有什么！”乌鸦说，“我尽可能把话讲得清楚好了，但是有可能越讲越不清楚。”

于是乌鸦便把它所知道的事情都说了出来。

“在我们现在所在的这个国家中，有一位很聪明的公主。她读过世界上所有的书籍，之后又把它们忘得精光，因为她非常聪明。最近她坐上了皇位——但传说这并不是很有趣——这时她唱出一支歌，但这歌却只有一句是：‘为什么我现在还没有结婚呢?’她说：‘是的，这句话里很有道理。’所以她特别想结婚。然而她所想要的丈夫是：当人们和他讲话时，他必须能回答，不仅只是站在那儿，好看而已——因为这是远远不够的。于是她把侍女都召了进来：当她们知道了公主的用意的时候，她们都很高兴。‘好极了！’她们说，‘前不久我们刚好也有这个意见。’请你一定要相信，我对你讲的每一句话都是真的！”乌鸦说，“我有一位很温顺的爱人，她能在宫里自由来往，所以她把所有的事情都告诉我了。”

当然它说的“爱人”也只是一个乌鸦，因为乌鸦只能找同类——永远是一个乌鸦。

“全部的报纸很快出版，报纸的边上围着那些用心和公主的名字的头一个字母所组成的漂亮边缘。人们能够读到：每个英俊的年轻人都能自由到宫殿里来和公主聊天，而谈话的人只要可以叫人觉得他是毫无拘束并且对答如流的话，公主就会选他作为丈夫！就是这样！”乌鸦说，“请你相信我，我的话就是实话，不会有半句虚假。之后年轻人成群结队地到来，人非常多，一片忙乱。然而在头一两天里没有人碰上好运气。当他们在街上的时候，他们什么话都能讲；只是他们一走进宫殿的门，看到那些穿银色制服的门警，看到台阶上站着那些穿金色制服的仆人和光辉夺目的大厅的时候，他们就晕了。尤其是当他们来到了公主坐着的那个王座前面的时候，他们一句话也说不出来，就只能重复地说着公主之前所说出的话的最后一个字——而她并不是要再听自己的话。这些人的肚皮里好像都塞满了鼻烟，已经昏睡过去了一样。只有当他们回到街上来了之后，他们可以讲话。这种人从城门那头一直站到宫门口，排成了一大队。我自己也曾经亲眼去看过一次！”乌鸦说，“他们都变得又饥又渴，到了宫殿中，他们连一杯温水也没有喝。比较聪明的几个人都随身带了一些抹了黄油的面包，不过他们才不会分给旁边的人吃，因为他们想，‘还是让这家伙现出一个饿鬼的样子吧，这样公主不会要他的！’”

格尔达问：“可是加伊，我的加伊呢？他什么时候来呢？他是不是在他们中间呢?”

“别着急！我马上就要说到他了！直到了第三天才有一位小小的人物来了。他既没有骑马，也没有乘车子。他兴高采烈地大步走进宫里来。他的眼睛和你的一样，能射出光彩。他的头发又长又细，不过他的衣服非常寒酸的！”

“那就是加伊！”格尔达高兴地说，“哦，我终于找到他了！”于是她就拍起手来。

乌鸦说：“他的背上还背着一个小行囊！”

“啊？那一定是他的雪橇了！”格尔达回答说，“因为他是带着雪橇去的。”

“很可能！”乌鸦说，“因为我也没有仔细去观察它！不过我听我那位温顺的爱人说起，当他走进宫殿的门之后、看到那些穿银色制服的守卫和台阶上那些穿金色制服的仆人的时候，他丝毫不感到慌张。他只是点点头，对他们说：‘一直站在这些台阶上一定是一件很难受的工作——我倒是很希望走进去的！’大厅的烛光照耀得如同白昼一样。枢密顾问官和大臣们，都托着金盘子，光着双脚走来走去。这让人产生一种庄严的感觉！他的靴子发出吱咯吱咯的响声，然而他却一点也不担心！”

“这肯定就是加伊！”格尔达说，“我知道他是穿着一双新靴子的；我也曾听到它们在祖母的房间中发出过吱咯吱咯的响声。”

“是的，它们的确能发出响声！”乌鸦说，“他非常勇敢地一直走到公主面前来，公主是坐在纺车那样大的一颗珍珠上的。所有的侍女和她们的丫鬟以及丫鬟的丫鬟们，所有的侍臣和他们的仆人以及仆人的仆人们——每人包括一个小厮——都在周围站着。他们站得离门口越近，就越显出一副非常了不起的神气！这些仆人的仆人老是穿着拖鞋——似乎叫人不敢看他，因为他觉得自己站在门口的样子特别骄傲！”

“这肯定很可怕！”小小的格尔达说，“那么加伊得到了公主吗？”

“虽然我已经订了婚，但假如我不是一个乌鸦的话，我也能够得到她的。他像我讲乌鸦话时一样讲话特别流利——这是我从我温顺的爱人那里听来的。他既勇敢，又能逗人开心。他并不是来向公主求婚的，而是专门领教公主的智慧的，他看中了公主；公主也看中了他。”

“是的，那肯定就是加伊！”格尔达说，“他一直很聪明，他能算心算，一直能算到分数。哦！你可以带我到宫里去一趟吗？”

“这事说起来简单！”乌鸦说，“但是我们怎样做呢？让我先跟我那个温顺的爱人商讨一下吧。她也许可以给我们一点建议。我先要告诉你一点——像你这样小的一个女孩，一般是不允走进里面去的。”

“会的，我一定会得到允许的！”格尔达说，“因为当加伊知道是我来了的时候，他立刻就会走出来，邀请我进去的。”

“请在门栏那里等着我吧。”乌鸦说，然后它扭了扭头就飞走了。

当乌鸦飞回来的时候，天已经黑了很长时间了。

“呱！呱！”它说，“我向我的爱人对你问候。这是我带给你的一小片面包。这可是她从厨房里弄出来的。那里面包多的是，我想你现在一定很饿了！……因为你是光着脚的，你想到宫里去肯定是不可能的。那些穿着银色制服的警卫和那些穿着金色制服的仆人们决不会允许你进去的。但请你不要哭泣，还是有其他的方法可以进去的。我的爱人知道能通到睡房的一个小后楼梯，并且她也可以给你弄到钥匙！”

然后他们走到花园里去，在一条宽大的用于散步的路上走。这里的树叶在萧萧地落下。当宫殿里的灯一个接一个地熄灭了之后，乌鸦就把年幼的格尔达带到后门那里去。这门是半掩着的。

咳！格尔达又怕又急，所以她的心跳得非常厉害啊！她仿佛觉得她在做坏事一样；不过她所希望得到的仅仅是小小的加伊而已。是的，那肯定是他。格尔达在生动地回忆着加伊那对聪明的眼睛和细长的头发。她能够想象得到他是如何微笑——他们在家里坐在玫瑰花树下时的他的那种微笑。他一定是很开心看到我的；听到我走了那么远的路程特意来找他；听到家里的人因他的离去而感到那么难过。啊，这虽然使人害怕，但是又使人高兴。

他们现在爬上了楼梯。食橱上亮着一盏小灯；在屋子的中央，站着那只温顺的乌鸦。它把头望向四周，然后望着格尔达。她依照她祖母所教给她的礼仪，对它行了屈膝礼①。

① 这是流行在北欧的一种礼节，行这礼的时候，弯一下左腿的膝盖，点一点头。现在北欧（特别是在瑞典）的小学生在街上遇见老师时仍然行这种礼。

“我的小姑娘，我的未婚夫把你说得非常善良，”温顺的乌鸦说，“我们可以这么说——你的身世——是非常感人的！请你把灯拿起来好吗？我来在你前面给你带路。我们能一直向前走，因为我们决不会碰到任何人的。”

格尔达说：“我怎么觉得好像有人在后面跟着我们似的。”因为有件什么东西在她身边滑了过去；它仿佛是墙上的影子，瘦腿的、长满红鬃飞跃的马，年轻的猎人和骑在马上的绅士与太太们。

“这些东西只是一个梦而已！”乌鸦说，“它们的到来，为的是要把这些贵人的想法带出去游猎一番。这是一件很不错的事情，因为这样你就能在他们睡觉的时候多看他们一段时间。但是我希望，当你将来得到荣华富贵的时候，千万不要忘了我！”

树林里的那只乌鸦说：“当然可以！”

他们现在走进的是第一个大厅。墙上挂着许多绣着粉红色花的缎子。在这里，梦在他们身旁跑过去了，但是跑得特别快，格尔达来不及察看这些人们。第二个大厅要比头一个大厅漂亮。因为，一个人能看到脑袋发昏！最后他们进到了睡房。在这里，天花板就像一棵很贵重的生化玻璃——有叶子的棕榈树。在屋子的中间有两张睡床悬在一根粗大的金杆子上，并且每一张床都和一朵百合花一样。一张的颜色是白的，这里面睡的是公主；另一张是红的，格尔达很希望能在这里找到加伊。她把一片红花瓣打开，然后她就看到一个棕色的脖子。哦，这一定就是加伊！她大声地喊出他的名字，并且把灯拿到他面前来。梦又骑在马上冲进房间里来了，他醒过来，转过头，但是——他却不是加伊！

这位王子只是在脖子上跟他长得像，当然他是年轻和英俊的。这时公主从百合花的床上向外窥看，并且问谁在这儿。小小的格尔达大哭起来，把全部的经过和乌鸦给她帮助的事都告诉了公主。

“真是可怜！”王子和公主说。

他们称赞了乌鸦一番，并且说他们并不生气，并且说它们可不能经常做这种事情。但是，它们仍然应该得到奖赏。

“你们是想自由地飞出去呢，”公主问，“还是想作为宫里的乌鸦，然后给你们一个固定的位置，来享受能吃厨房里的剩饭的权利呢？”

两只乌鸦深深地鞠了一躬，请求需要一个固定的位置，因为它们想到了自己年迈的时候。它们说："正如俗语所说的一样，老了的时候能够得到一些免费食物总是一件好事。"

王子从床上下来，让格尔达睡在他的床上——他也只能够做到这一点。她握着她的小手，想道："人和动物都是非常善良的！"于是她闭上她的眼睛，幸福地睡着了。梦又开始飞进来了；这一次它们像天使一样。它们带着一个小雪橇，加伊正坐在上面对她点着头。不过这一切只是一个梦罢了。她一觉醒来，这些梦也就都不见了。

第二天她穿上了丝绸和天鹅绒做的衣服。有人向她说，希望她在宫里住下来，享受幸福的时光。然而她只想要一辆小马车和一双适脚的靴子。这样她就能又开始到外面去，去寻找她的加伊。

她不仅得到一双靴子和一个暖手筒，并且还穿着一身干净整齐的衣服。当她要离开的时候，一辆纯金做的马车就停在门外等她。王子和公主的皇徽在那上面亮得如同一颗明星。车夫、侍者和骑手——都穿着绣有金王冠的衣服。王子和公主也亲自扶她上车，并且祝她一路平安。那只树林里的乌鸦现在它已经结了婚并且陪送她走了头三哩①的路程。因为叫它背对着马坐着，它可受不了，于是它坐在格尔达的身旁。另一只乌鸦站在门口，飞行着。她不能和他们一起同行，因为她有点头痛，而这头痛是由于她获得了那个固定职位之后吃得太多了。车子四壁都填满了甜饼干，座位里垫满了姜饼核和水果。

"再见！再见！"王子和公主喊着，年幼的格尔达大哭起来，乌鸦也哭起来了。他们这样一起又走了头几哩路，于是乌鸦也说了声再见——这才算得上是最难过的一次别离。乌鸦飞到一棵树上，不断拍着它的黑翅膀，一直到它看不见马车为止——而这车子闪耀得如同明亮的太阳一样。

## 第五个故事　小小的强盗女孩

他们坐着车子走过浓密的森林。然而车子亮得像一个火把，使一些强

---

① 这是丹麦哩。一个丹麦哩大约等于我国十五里。

盗的眼睛都看直了，他们再也忍受不住了。

“那一定是金子！那一定是金子！”他们大声说，并且冲上前来，拦住那些马匹，打死了那些骑手、车夫和仆人。最后他们把格尔达从车上丢下来。

老女强盗说：“她长得很胖……长得也很美……她一定是吃胡桃核长大的！”她的毛发长得又长又硬，她的蓬松的眉毛把她的眼睛都盖住了。

“她就像一个肥胖的小羊羔！呐，一定好吃得很！”

于是她从腰间抽出一把明晃晃的刀子——刀子锋利得怕人。

“哎哟！”老女人突然大叫了一声，因为她的亲生女儿正爬在她的背上，将她的耳朵咬了一口；她是一个非常顽皮和野蛮的孩子，喜欢寻求这种开心。“你这个爱捣蛋的孩子！”妈妈说，因此她也就没有时间来杀掉格尔达了。

小强盗女孩说：“我要她跟我一起玩耍！她必须把她的暖手筒和美丽的衣服都给我，和我在床上一起睡！”

于是这孩子又咬了她妈妈一口，弄得老强盗女人疼得又跳起来，打着旋转；其他强盗们都笑起来，同时说：

“快看，她和她的小鬼跳得多好！”

小强盗女孩说：“我要坐进那个车子里去！”

她要怎样就得怎样，因为她是一个非常放肆和胡闹的孩子。她与格尔达坐在车子里，车子在树桩和荆棘上面奔驰，一直跑到森林里。小强盗女孩和格尔达年纪一样大，不过她的身体更加强壮，肩膀更宽罢了。小强盗的皮肤是棕色的，眼睛很黑，好像显出很忧郁的样子。她把小小的格尔达抱住，说：

“只要你不惹我生气，他们就不会杀你。我想你应该是一位公主吧？”

“我不是公主。”格尔达说。于是她将她全部遭遇到的事情，和她是怎样喜欢加伊，都对她说了。

小强盗女孩非常严肃地看了她一眼，然后轻轻地点了点头，同时说：

“就是我生你的气了，他们也不会杀你，因为我会亲自动手的。”

于是她擦干了格尔达湿润的眼睛，把她的双手放进那非常柔和和温暖的暖手筒里了。

现在马车停了下来，她们走进强盗房子的院子里来。这房子从顶到地都布满了裂痕。乌鸦和大渡鸟从敞着的洞口里飞出来，每只好像能吞掉一个人似的大哈巴狗——跳得很高，不过它们并没有叫，因为这是不允许的。

在一个老旧的、烟熏的大房子里，有一堆火在石铺的地上熊熊地烧着。烟在天花板下面打着转儿，想要找一个出路冒出去。火上有一大罐子汤正在沸腾着，有很多家兔和野兔在铁杆上被烤着。

小强盗女孩说："今晚你就跟我和我的小动物一起睡。"

她们吃了一些东西，喝了一些东西之后，她们走到铺了稻草和地毯的一个墙角那儿去。这里有一百多只鸽子栖息在板条上和屋梁上面。它们好像都要睡着了。不过当这两个女孩子来到的时候，它们就都把头掉过来看了一眼。

小强盗女孩说："这些事物都是属于我的。"于是她马上抓住手边的一只鸽子，提着它的双腿摇了摇，一直弄得它乱拍起翅膀来。"亲它一下吧！"她大声说，并且在格尔达的脸上打了一巴掌。"那里坐着几个森林中的混蛋，"她指着墙上用木条拦着的一个洞口继续说。"这两个东西都是森林中的大混蛋。假如你不把它们关好，它们很快就会飞走了。现在请你看我的老爱人'叭'吧。"她拽着一只驯鹿的角，将它拖出来。它是套着的，它的脖子上戴着一个光亮的铜圈。"我们必须把它牢牢地套住，否则它就逃掉了。因此每天晚上我都会用一把尖刀子在它的脖子上搔痒——因为它非常害怕这一招。"

这小女孩子于是就从墙缝里取出一把长刀，把它在驯鹿的脖子上滑动了几下。这只可怜的动物只能弹着腿子。小强盗女孩大笑了一通，然后把格尔达拖进床里去。

"当你睡觉时，你也要把这刀子放在你的身旁吗？"格尔达问，并且惊恐地望着这把刀子。

小强盗女孩回答说："我一直和我的刀子一起睡觉的！因为谁也不知道会发生什么意外呀。现在你就把关于加伊的事情，和你为什么跑到这个大世界里来的原因，再给我讲一遍吧。"

格尔达又从头说了一遍。在上面的笼子里的斑鸠咕咕地叫，但是别的斑鸠都睡去了。小强盗女孩把她的一只手搂着格尔达的脖子，另一只手握着刀子，也睡着了——人们可以看见这些动作。然而格尔达无论怎样也合不上眼睛——她不知道她是要活着，还是死去。

强盗们围着火坐着，一边唱歌，一边喝酒。那个强盗老女人就连续翻着跟头。有一个小女孩子看到这景象感到非常害怕。

突然那些斑鸠就说："咕！咕！我们看见过加伊。有一只白母鸡背着他的雪橇：他就坐在白雪皇后的车子里。当我们呆在巢里的时候，车子很快地在树林上飞过去。她在我们的小斑鸠身上吹了一口气：除了我们俩之外，剩下的都死了。咕！咕！"

"你们在上面说些什么？"格尔达问，"白雪皇后飞到哪里去了？你们知道吗？"

"她大概是飞到拉普兰①去了，因为那里整年都是冰雪。你应该去问问用绳子套着的那只驯鹿吧。"

"那里有冰有雪，那里非常寒冷！"驯鹿说，"那里，人们能在亮晶晶的山谷里自由地飞跃！那里，白雪皇后经常架起她夏天的帐篷，不过她更喜欢住在北极附近一个叫作斯比兹贝根②的岛上的宫殿。"

"啊，加伊，我的加伊！"格尔达叹着气说。

"你必须静静地躺着，"小强盗女孩说，"不然我就把我的刀子刺进你的心脏里去！"

第二天清晨，格尔达把斑鸠说的话全部都告诉了小强盗。她的样子非常严厉，不过她点点头，说：

"没关系！没关系！不过你知道拉普兰在什么地方吗？"她问驯鹿。

"谁能比我还了解得更清楚呢？"驯鹿说，它的一双眼睛在它的脑袋里转动着。"我是出生在那儿，在那里长大的。我还在那里的雪地上跳跃过。"

"你听着！"小强盗女孩对格尔达说，"你要知道：现我们的男人都不在。只有妈妈还留在家中，她要在这儿一直呆下去。不过快到中午的时

---

① 拉普兰是瑞典、挪威和芬兰北部的一块地方，非常寒冷。

② 斯比兹贝根是北冰洋上的一个群岛，属于挪威。

候，她将从那个大瓶里喝些东西，之后她就要睡一小觉。那时我再来帮你的忙吧！好么？”

小强盗女从床上跳下来，搂着她妈妈的脖子，并拉拉她的头发，于是说：

“早安，我的亲爱的老母亲。”

她的妈妈在她的鼻子上摸了几下，弄得她发红和发青——但是这完全是从真正的母爱出发的。

当她的妈妈从瓶子里喝了些什么东西之后，就睡过去了。小强盗女孩走到驯鹿那儿，说：

“我倒真的很想用尖刀再搔你几下，因为你那时的样子才滑稽。但是没有关系，我会解开你的绳子，把你放出去，好使你能带她跑到拉普兰去。但是你必须好好地使用你的这双腿，把这个小小的女孩子带到白雪皇后的宫殿中去——她的玩伴就在那儿。你肯定听到过她对我所讲的故事，因为她的声音讲得很大，而且你肯定在偷听！”

驯鹿高兴得高高地跳起来。小强盗女孩把格尔达扶到它的背上，而且还很认真地把她系牢，甚至还给了她做了一个小垫子作为座位。

“没事儿，”她说，“你穿上你的皮靴好了，现在天气变冷了。但是我得把这个暖手筒留下，因为它太可爱！这是我妈妈的一副大手套，能一直套在你的腰上，这样你仍不会感到冷的。套上去吧！你的一双手现在很像我那位妈妈粗的手了。”

格尔达感动得哭起来。

“你流出一大滩眼泪，我真看不惯！”小强盗女孩说，“现在你应该非常快乐才对。你把这两块面包和一块火腿都拿去吧，省得挨饿。”

这些东西都被系在了驯鹿的背上。于是小强盗女孩把门打开，她把一些大狗都哄进屋子里去了。之后她用刀子把绳子切断，并对驯鹿说：

“你走吧！不过你必须好好地照顾这个小女孩子！”

格尔达把她戴着大手套的手伸向小强盗女孩，对她说了声再见！于是驯鹿在树林和灌木之中飞奔起来，穿过树林，越过沼泽地和大草原，尽快地奔驰。豺狼正在呼啸，乌鸦正在呱呱地叫。“嘘！嘘！”这是空气发出的声音。天空如同烧起火来了一样。

"那是我亲爱的北极光！"驯鹿说，"看，它是多么深亮！"于是它跑得更快了，日夜不停地飞奔着。

但是很快面包吃完了，火腿也吃完了，这时他们也到达了拉普兰。

## 第六个故事 拉普兰女人和芬兰女人

他们在一个小屋子前面停了下来。这屋子是非常破旧的；它的屋顶低得似乎都是接触到地面了；它的门也非常矮，当家里的人要进进出出的时候，他们就必须伏在地上爬。屋子里除了一位老太婆以外，什么人都没有，她现在在一盏油灯上煎着鱼。驯鹿把格尔达全部的经过都说了，但是它先讲自己的，因为它觉得它的是最重要的。格尔达冻得一点气力也没有了，连一句话都讲不出来了。

"唉，你们这些可怜的家伙！"拉普兰女人说，"你们要跑的路还长得很呢！你们需要跑三百多里路，才能达到芬马克[①]呢，因为白雪皇后在那里的乡下休假。她每天晚上都会放起蓝色的焰火[②]。因为我没有纸，我会在一条干鳕鱼上写上几个字。你们可以把这个带到一个芬兰的老太婆那里去——她会告诉你更多的消息了。"

当格尔达暖了身子、吃下一些东西之后，拉普兰女人就在一条干鳕鱼上写下了几个字，并且告诉格尔达好好地保存它，然后将她系在驯鹿的背上，这鹿马上就又开始跳走了。"呼！呼！"它在高空中喊着。非常美丽的、蔚蓝色的北极光啊，一整夜不停地在闪耀着。

就这样他们到达了芬马克，他们在那个芬兰女人房子的烟囱上敲着，因为她连一个门都没有。

屋子里很热，芬兰女人几乎是不穿衣服地住在那儿。她的身材很小，并且非常脏。她立刻将格尔达的衣服解开，把她的大手套和靴子给脱下了，不然格尔达就会感到太热了。她在驯鹿的头顶上放了一块冰，并且读

---

① 芬马克是挪威最北部的一个县，也是欧洲的最北部的一个地区，极为寒冷。

② 指北极光。

了写在鳕鱼上的字——她一连读了三遍。当她把这些字都背熟了之后，她就把这鱼扔进一个汤罐里去煮，准备吃掉，因为她自己也是一个从来不会浪费任何东西的人。

驯鹿又先讲了自己的故事，然后才讲的格尔达的经历。芬兰女人眨着她聪明的眼睛，一句话也没有说。

“你一定很聪明的，”驯鹿说，“我很清楚你可以用一根缝线把世界上所有的风都捆在一起。如果解开第一个结，他就可以有很好的风；如果他松开第二个结，那么风就吹得非常厉害；不过，当他解开了第三个和第四个结的时候，那就会产生有一阵能够把树林摧毁的暴风雨。所以你可不可以给这小女孩一些东西呢，使她能有十二个人那样大的力量来制服白雪皇后呢？”

“十二个人那样大的力量！”芬兰女人说，“这足够了！”

她走到橱格子那里，抱出一大捆皮，并且把这捆皮打开。它上面记载着许多奇怪的字母。芬兰女人念着，一直念到她额上都滴下汗珠。

然而驯鹿又替格尔达特别殷切地恳求了一遍，并且格尔达本人也用充满了泪水的、祈求的目光看着这芬兰女人。女人也开始眨着自己的大眼睛，把驯鹿牵到一个墙角旁边，一面在它背上放一块新的冰，一面说：

“加伊当然是住在白雪皇后那里的。因为他在那里觉得什么东西都非常适合他。他认为那里就是世界上最好的地方。然而这是由于他的心里有一块镜子的碎片、他的眼里也有一颗镜子的碎粒的缘故。必须将这些取出来，要不然他将永远不能变成人了。但是白雪皇后一定用尽全力来留住他的！”

“不过你能不能给亲爱的格尔达一件什么宝贝呢，使她能有力量击败一切困难呢？”

“我不能给她比她现在所拥有的力量更大的力量了：你没有看出这力量是非常大吗？你没有看到人和动物是怎样为她服务吗？你没有看到她光着一双脚在这世界上跑了多少路吗？她不需要从我们这里了解她自己的力量。她的力量就在她的心里；她是一个非常天真可爱的孩子——这就是她最强的力量。如果她自己都不能到达白雪皇后那里、把那玻璃碎片从加伊身上取出来，那么我们也根本没有办法帮助她的！白雪皇后的花园就从那个离开这里两里路的地方开始的。你应该把这小姑娘带到那里去：然后把她放在雪地上一个长满了红花浆果的大灌木林旁边。但不要呆在那里闲聊，必须抓紧时间回到这里来！”

之后芬兰女人就把格尔达抱到驯鹿的背上了，它尽快地飞跑起来。

“不好，我忘了把我的靴子穿上！忘了把我的大手套戴上！”格尔达叫着。

她立刻感到刺人的寒冷，不过驯鹿没敢停下来：它一口气跑到长满了红浆果的那个大灌木林旁边。它把格尔达放下来，伴随着大颗亮晶晶的眼泪就流到了它的脸上来，在她的嘴上吻了一下。它又尽快地又跑回去了。孤独的格尔达站在那里，在那可怕的、寒冷的芬马克，既没有穿鞋子，更没有戴大手套。

她拼命地向前跑，突然一股雪花卷过来了。但它不是从天上落下来的，因为天空非常晴朗，而且还能射出北极光。雪花是沿着地面卷起来的。它越逼得近，然后越变得大。格尔达记起，后来她透过玻璃向外望的时候，雪花是多么好看，多么美丽啊。不过在这里它们却变得非常庞大和可怕——因为它们是有生命的。它们可是白雪皇后的前哨兵，并且是奇形怪状的。有的样子如同丑陋的大刺猬；有的如同伸出头的、缠作一团的很多蛇；有的如同毛发直立的小胖熊一样。它们全部都是白得发亮的、有生命的雪花。

格尔达念着《主祷文》。但是天气是如此寒冷，她能够看到自己呼出的气仿佛烟雾一样从嘴里喷出来。并且呼出来的气越来越浓，变成了明亮的小天使。当他们一接触到地面时，他们就越变越大。并且他们都戴着头盔，都拿着矛与盾。他们的数量在不断增大。当格尔达念完了祷告之后，她四周就出现了一个很大的兵团了。这些兵士都用长矛砍着那些可怕的雪花，把这些雪花打成很多的碎片。于是格尔达就稳步地、勇敢地又接着向前迈进。天使抚摸着她的手和脚，所以她就不感到那么寒冷了，她加速地向白雪皇后的宫殿前进。

不过现在我们需要先看看加伊正在做些什么。他一点都不会想到格尔达，更想不到她已经站在宫殿的门口了。

## 第七个故事　白雪皇后宫殿里发生的事情和结果

宫殿的墙都是由积雪所筑成的，刺骨的寒风就像是它的窗和门一样。这里面有上百间房子，全都是雪花吹到一起形成的。它们之中最大的房子有几哩路长。明亮的北极光给它们照明，它们都非常大，非常空，非常寒冷和非常光亮。这里从来都没有过什么欢乐，就是小熊的舞会也不会有。事实上，暴风雪很可能在这里奏起一些音乐，让北极熊用它们的后腿站着迈迈步子，表演表演它们出色的舞姿，而且它们连打打嘴和敲敲脚掌的小玩意儿也没有。年轻的白狐狸姑娘们也一直没有开过什么小茶话会。白雪皇后的大厅中是空荡荡的、广阔的和寒冷的。北极光照得那么精确，你都可以算出它在什么时候照得最高，什么时候最低。就在这个空洞的、没有边际的雪厅中间有着一个结冰的湖——它已经裂成了上千块碎片；然而每一片跟其他的小片的形状都是完全一样的，而且这就像一套很完美的艺术品。当白雪皇后在家的时候，她就喜欢坐在这湖的中间。她自己说她是坐在理智的镜子中，并且这是世上唯一的、最好的一面镜子。

加伊冻得发青——确实，好像都冻得发黑了，不过他感觉不到，因为白雪皇后把他身上的寒颤都吻掉了。他的心已经好像一块冰块一样。他现在正搬弄着几块平整而尖利的冰，并把它们拼来拼去，想拼成一件什么东西似的。这就好像我们想用几块木片拼成图案一样——就是中国的“木鸡”。加伊也在拼复杂的图案，这叫作理智的冰块游戏。在他的眼里，这些图案是最棒的，也是最重要的东西；这都是因为他眼睛中的那块镜子碎片在作怪的原因。他把这些图案摆出来，想组成一个字——但是他怎么也组成不了他所希望的那个字——“永恒”。于是白雪皇后就说：

“如果你能拼出这个图案的话，那么我就给你自由。我会给你整个的世界和一双新的冰靴，当作礼物。”

但是他拼不出来。

“现在我急着要飞到温暖的国家里去！”白雪皇后说，“我必须去看看那些黑罐子！”她指的就是那些火山，也就是我们命名为埃特纳和维苏威山。① “我要得使它们更白一点！有这个需要；这对于葡萄和柠檬是非常有好处的。”

之后白雪皇后就飞走了。加伊独自坐在那有十几里路长的，又大又空的冰殿里，呆呆望着他的那些冰块。他坠入深思中，几乎要把头都想破了。他直挺挺地坐着，一动不动，好像死了一样。

此时格尔达刚好走进大门，到宫殿里面来了。这里的风非常锐利，但是当她念完了晚祷后，风儿就平静下来了，好像睡去了一样。她走进这个宽广、空洞、寒冷的屋子里，并且看到了加伊。她立马就把他认出来了。她扑到他身上，拥抱着他，紧紧地搂着他，与此同时叫出声来：

“加伊，亲爱的小加伊！我终于找到你了！”

然而他坐着一动也不动，直挺挺的，很冷淡。然后小格尔达流出很多热泪。眼泪流到了他的胸膛上，渗进了他的心里，把那里面的雪块都融化了，并且把那里面的一小块镜子碎片也分解了。他看着她，她唱出一首圣诗：

山谷里玫瑰花长得丰茂，
那儿我们遇见圣婴耶稣。

此时加伊大哭起来。他哭得非常厉害，眼中的镜子碎片也流出来了。现在他认得出格尔达，所以他快乐地叫着：

“格尔达，亲爱的格尔达！你到哪里去了这么久？我现在在哪里？”他向四周望了一眼。“这里是多么寒冷呀！这里是多么宽广和空洞啊！”

他紧紧地抱着格尔达。她快乐得时哭时笑。他们是那样的高兴，甚至连四周的冰块都快乐得跳起了舞来。当他们因疲乏而躺下的时候，他们两人刚好就形成了一个字的图案——白雪皇后曾说过，如果他能够拼出这个图案，那么他就将成为他自己的主人，同时她将会给他整个世界和一双新的冰靴。

---

① 埃特纳是意大利属西西里岛上的一座火山，有10741英尺高。维苏威山是意大利那不勒斯湾东边的一座火山，有4267英尺高。

格尔达亲吻着他的双颊：它们就像开放的花朵一样；她亲吻着他的双眼：它们就像她自己的双眼一样发亮；她亲吻着他的手和脚，于是他又健康和活泼起来。白雪皇后这时尽可以让他回到家里来，可是他的解放的字据已经亮晶晶地印在了冰块上。

他们互相挽着手，走出了这巨大的冰宫，谈起他们的祖母，讲起屋顶上的玫瑰。他们到哪里，哪里的风就停息了，同时太阳也露出了面。当他们来到了那个红色浆果的灌木林的时候，驯鹿正在那里等待着他们，并且它还带来了另外一只母鹿。母鹿的乳房鼓得满满的，它给这两个孩子温暖的奶吃，同时亲吻着他们的嘴。它们俩把加伊和格尔达先送到芬兰女人那里去。他们在她温暖的房间里面暖了一阵子，同时得到了一些关于回家的路的指示。然后他们就到拉普兰女人那里。这个女人早已经为他们做好了新的衣服，同时也把她的雪橇修理好了。

驯鹿和小母鹿在他们俩的旁边连蹦带跳欢快地走着，一直陪送他们到达边境。这里早春的植物都已经冒出绿芽来了。他们在此和两只驯鹿与拉普兰女人告了别。“再会吧！”大家都说道。初春的小鸟们喃喃地唱着歌儿；树林里盖满了一层青绿色的嫩芽。有一匹十分漂亮的马儿从树林里跑了出来。格尔达认识它，因为它就是那匹从前拉着金马车的马。一位年轻的姑娘正骑着它。她的头上戴着顶发亮的红帽子，并且她还带着手枪。这就是那个强盗女孩。她在家里呆腻了，想要先去北方一趟；如果她不喜欢那个地方的话，她将要再到别的地方去。她马上就认出了格尔达；格尔达也认出了女孩。她们见到彼此都非常高兴。

“你真是一个可爱的流浪汉啊！”她对加伊说，“我倒是很奇怪，你值不值得让一个人赶到天边去找你呢？”

但是格尔达摸着她的脸，问起了那位王子和那位公主。

“王子和公主都到国外旅行去了！”小强盗女孩说。

“那只乌鸦呢？”小格尔达问。

“嗯，那只乌鸦死了，”强盗女孩回答说，“那只被驯服的爱人也变成了一个寡妇，它的腿上还带着一条黑绒[①]呢！她伤心得很，不过这些都没

---

① 也就是等于我们人戴黑纱。

有一点意义！现在请你把你的经过告诉我，你怎样找到他的。”

格尔达和加伊两个人把他的经历都讲出来了。

“嘶——唏——嗤！”强盗女孩说。然后她握着他们两人的手，答应说，如果她到他们的城市去，她肯定会去拜访他们。接着她就骑着马奔向茫茫的大世界去了。格尔达和加伊手挽着手继续走。他们在路上见到的是一个青枝绿叶、开满了花儿的美丽的春天。教堂的钟声响起，与此同时他们认出了教堂的尖塔和他们住的那座大城市。他们走进城，径直走到祖母的家门口；他们爬上了楼梯，走进房间——这里一切的东西都在原来的地方没有动过。那个大钟在“嘀答——嘀答”地走着，上面的指针也在转动。不过正当他们走出门的时候，他们忽然发现自己已经长成大人了。放在水笕上的玫瑰花正在敞着的窗子面前盛开着。这里有好几张小孩坐的椅子。加伊和格尔达各自坐在自己的椅子上面，握着彼此的手。他们像做了一场大梦似的，已经把白雪皇后那里寒冷和空洞的壮观全都忘掉了。祖母坐在上帝的明朗的阳光下，高声地念着《圣经》：“除非你成为一个孩子，你决计进入不了上帝的国度！”

加伊和格尔达面对面地互相望着对方，立刻就懂得了那首圣诗的意义——

山谷里玫瑰花长得丰茂，
那儿我们遇见圣婴耶稣。

他们两人坐在那里，已经是成年人了，但同时又是孩子——在心里还是个孩子。这时正值夏天，暖和、愉快的夏天。

# 夜 莺

你可知道有一个国家叫中国？的确不假，那里的国王很自然是一个中国人了，他的臣民也都是中国人。今天我要给你讲一个很久以前发生在这个国家里的非常好听的故事。你可要细心听哦，否则，以后再不会有人给你讲了。

这个国王住的皇宫非常豪华，屋顶是金黄色的琉璃瓦，四周的墙壁和地面都是由昂贵的瓷砖砌成的，它们又脆又薄，绝对是这个世界上少有的材料烧制成的。你要是想抚摸它的话，就要加上十二分的小心。这座宫殿可能是世界上规模最大最富丽堂皇的了。皇宫里有一个非常大的只供皇帝休息的皇家花园，里面种着许许多多好看的奇花异草，那些极名贵、极珍奇的花上还系着各样的小银铃，微风轻轻一吹，银铃就会发出美妙的声音，吸引着无数过路人的目光。这个花园的园丁简直数不胜数，他们小心翼翼地照料着这里的一切。要问这个花园有多大呀，即使这里的大官儿们也说不出具体的数字。要是你一直向前走，会看见一个十分茂密的森林，森林中有一个又大又深的湖泊。继续朝前走，蔚蓝色的大海便映入了你的眼帘，大大小小的船只在树枝下航行。森林里住着一只夜莺，它的歌声是世上少有的委婉动听，穷苦的渔夫一旦听到了，就会停下手中忙碌的工作。“哦，上帝，这声音真是太美妙了啊！简直是人间的奇迹啊。”美妙的歌声让渔夫忘了工作的疲劳和生活中的一切艰辛。

世界上其他国家的官员和旅行家不断地来到中国，参观这座华丽的世上绝无仅有的宫殿，欣赏着美丽的奇花异草。夜莺的歌声给他们留下了永远都难以忘却的美好记忆，他们都一致认为：“这当然是中国最美的地方了！”

这些游客回国之后，向自己的家人、朋友、同事谈论起了游历中国时的真实的情景。许多作家还写了好多脍炙人口的书籍，书中不厌其烦地介绍了中国的国王、皇宫和皇家花园。每一本书都有描述那只夜莺的篇章，诗人甚至还为它创作了无数动情的诗篇，他们一致觉得，中国留给他们印象最深的就是那只夜莺的歌声了。

这些书发行之后传遍了世界各国，显而易见也包括中国的各个地方。皇宫里的高官们收集了几本献给了皇上他老人家。皇帝坐在金龙宝座上高兴地阅读着这些描写自己国家的书，不时得意地点头，表示完全赞同书中的观点。可书中多次提到的夜莺，还有对它的赞美是皇帝未曾听说过的。那么这件事就很自然地要引起他的兴趣了。

大臣被召见进宫来了。这是一位权威很高的高官。对普通的官员一向都是非常傲慢的，如果有人同他说话或是有什么事情要征求他的个人意见的话，他认为根本就没有理睬的必要就会“哼”上一声的，根本就无视别人的存在。

“这书朕已读完了，书中说朕的花园里有一只夜莺，它的叫声是多么的婉转动听，外国人都觉得它是我们国家最珍贵的、最美的、最让人印象深刻的好东西，可是朕怎么从未听你们提起过呢?”皇帝带有一些责备的语气问大臣。

“哦，尊敬的陛下，我也只是听说有过这样的一只鸟，臣这就立刻去查明这件事，然后再回来禀告皇上。”大臣恭恭敬敬地说。

大臣将宫里所有的仆人都召集来问道，可是竟然没有一个人知道此事。他又问遍了其他的官员们，也都纷纷表示不知道此事。没有办法，大臣只能去回禀皇帝说，书中描写的这只与众不同的鸟一定是外国作家虚构出来骗人的东西，请皇帝不要信以为真。

“不可能的……”皇帝有些生气地说，“这本书是日本的国王送来的，这位国王是不可能编造故事来骗朕的，是不是你们没有认真去查呢?我命令你今天晚上一定要把这只夜莺带到朕面前，不管你用什么办法，否则的话，你就会受到重罚乃至杀头。”

“是，是，陛下!”大臣胆战心惊地回答道。他将所有的大小官员和宫里的仆人都喊到自己家的大厅里来了，命令大家都去寻找这只书上所说的神秘的鸟。事实上，只有皇宫里的人不知道夜莺这种鸟，普通的老百姓都知道这种鸟。官员们在厨房中遇到了一个洗碗的小女孩，她说："我知道夜莺现在身在何处的，我太喜欢它啦！它的歌唱得非常好听！每天晚上，我做完手中的活儿后，管家允许我将剩下的一些饭菜带给我常年卧床不起的老母亲。我家住在大海边，离这里非常远，中途要穿过一个很长很长的大森林，每次回家走累了，我都会在那里歇上一会儿。这时候我就会听到夜莺的歌声，美妙的声音让我忘记了所有难以忍受的疲劳，而这时眼泪也会情不自禁流下来，夜莺的歌声好像母亲慈爱的话语在我的耳边不停地回响着……"

"小丫头！"大臣急切地说，"皇帝今晚就要亲眼见到这只夜莺，你要是能带我们找到它，我答应会为你重新安排一个新工作，让你去服侍皇上怎么样？"皇宫里不同身份的人物几百人都跟着小女孩向大森林的方向走去。走着走着，"哞"的一声，一头母牛叫了起来。"哎呀！多么洪亮的声音啊，我们总算找到了。"一位官员不动一点脑子地说道。

"错了，那是牛的声音！夜莺住的地方还远着呢！我们快点走吧。"小女孩说。

他们来到一个湖边，蹲在荷叶上的青蛙"呱呱"地叫着。"多美妙啊！就仿佛庙里的小钟在响一样。"皇家寺院的和尚饶有兴趣地说。

"这也不是的，这是青蛙的叫声。"小女孩说，"不过，我们离夜莺待的地方已经非常近了，我想我们会马上就要听到夜莺的歌声了。"

果然，一会儿便传来了婉转动听的声音，夜莺果然真的开始歌唱了。

"你们听，这才是夜莺的歌声。看，它就住在那棵大树上。"小女孩无比激动地说。

官员们顺着小女孩手指的方向，发现了一只全身长着灰色羽毛，看上去很不起眼的一只小鸟儿站在树枝上。

"这是真的吗？太让人难以想象了啊，没想到竟然是这样的。莫非由于我们这些高贵的客人的到来，吓得它将美丽的羽毛都藏起来了？"大臣用怀疑的口气说。

"亲爱的小夜莺，我们尊贵的皇帝想听你的歌唱。"小女孩大声地喊道。

"非常荣幸，我非常乐意啊。"夜莺很痛快地说。接着它展开了自己的歌喉，唱出了更加优美的曲子。

“哦，实在是太美妙了，没想到这只不起眼的小鸟，竟然能从喉咙里发出这么好听的声音来，就像音乐盒里美妙动听的声音。为什么我过去从来不曾听到它的歌声呢？这只小鸟儿一定会让咱们的皇上高兴的。”大臣有些兴奋地说。

“尊敬的陛下，还要我再为你唱一曲吗？”唱完后，夜莺很礼貌地问道。因为它误以为皇上就在这里。

“哦，小夜莺，你唱得实在是太好了！我请你去皇宫给我们的皇上唱歌好吗？你的歌声绝对会让我们的皇上着迷的。”大臣毕恭毕敬地说。

“可只有在绿色的森林里，我的歌才唱得最动听的！”夜莺很不情愿地说。可是，当它听说皇上非常想听到它的歌声时，它也就勉勉强强地同意了。

美丽的宫殿被重新布置了一番，千万盏宫灯映照着瓷砖砌成的墙壁和地板，亮得十分耀眼和明亮。挂着银铃的奇花异草摆放在了走廊的两旁，发出阵阵迷人的芳香。仆人们不停地上上下下跑来跑去，带起些许的轻风，吹得那些小铃铛叮当作响。皇帝的宝座被放在大殿的正中央，一根金子做的柱子竖立在了他的旁边，那是夜莺唱歌的舞台。

大大小小的官员和宫里所有的仆人都来了，小女孩现在也很自然地成为服侍皇上的宫女了，身着漂亮的新装，静静地站在宝座的后面。

夜莺展开歌喉唱出了美妙的歌声，优美的声音迷住了在场所有的人，皇帝情不自禁地热泪盈眶。他非常高兴，就很自然地给了夜莺最高的赏赐，将他的金拖鞋挂在夜莺的脖子上。可夜莺并没有接受它：“皇上的眼泪已算是对我的最高奖赏了，我已经很满足了。”说完，它又舒展歌喉，快乐地唱了起来。

“这种美妙绝伦的声音，我过去从没听过。”皇上的妃子和宫里的女仆都异口同声地说。接着，她们都模仿着夜莺，故意在嘴里含上一点水，说话时发出“咕咕”的响声，觉得这样便会发出和夜莺一样美妙的声音。夜莺的表演简直是完美极了，被公认为是世界之最。

皇上请夜莺在宫里住下，还为它用金丝织就了一个笼子，它每天被允许出来散步三次，白天两次，晚上一次。每次都有十二个仆人尾随其后服侍着。夜莺的腿上系着一根金丝线，仆人牵着这根金丝线。可怜的小鸟从此就已经被人束缚起来了，再也无法像原来一样在蓝天上随心所欲地飞翔，从这棵树跳到那棵树上了。

中国的老百姓无时无刻不在议论着这只让皇上简直是着了魔的小鸟儿。相遇在一块儿的两个人如果一个人提起“夜”，另一个便马上接说“莺”①。有十几个商铺的老板为自己新出生的孩子还取了名叫“夜莺”呢，希望他们长大后能像“夜莺”一样成为举世闻名的歌唱家，但未来的事情又有谁会完全知道呢！

一天上午，皇上收到一份礼物，包裹上写着“夜莺”两个字。

“这毋庸置疑又是一本描写夜莺的书了。”皇上很不在意地说。

拆开包裹，皇上发现却并不是书，而是一件做工极其精良的礼品盒，里面有一只人造的夜莺。它和真的夜莺并无二致，只是身上镶满了名贵的钻石和翡翠。只要为它上好发条，这只人造鸟就会唱出一支非常好听的歌，与真夜莺的声音事实上也没有任何的区别。而且它的眼睛一眨一眨的，尾巴还可以摇摆，放射出五颜六色的光芒，简直是太棒了啊。人造鸟的脖颈上挂着一个项圈，上面写着一句话：“日本国皇帝的夜莺和中国皇帝的夜莺相比，真是太差劲儿了。”

大臣们都认为这只人造鸟非常漂亮。那个进献工艺品的使者被授予“夜莺特使”的荣誉称号，而且还被奖赏了无数的金银财宝作为奖励。

“让一只真鸟和一只假鸟同时歌唱，那将是一件多么独特举世无双的二重唱啊！”一位大臣在一旁搭腔说。

因此，二重唱就这样开始了，可不管用什么方法也不能让两只夜莺唱到一起去。真夜莺唱得是那么的随意、自然，但人造鸟只会不知改变地唱着一成不变的一个曲调的圆舞曲。

“它已经唱得非常好了，这不能怪它，它的唱法非常准确，是属于我的皇家学派的。”皇宫的乐师大加赞赏地说。

人们让假夜莺独自演唱，并给予了它非常高的评价，获得的成功和真

① “夜莺”在丹麦中文是Nattergal。作者在这儿似乎故意开了一个文字玩笑，因为这个字如果拆开，头一半成为natter（夜—复数），则下一半“莺”就成gal，而gal这个字在丹麦文中却是“发疯”的意思。

夜莺现在实际上已经差不多了。还有，它美丽的外表比真夜莺要强不知多少倍，与豪华的皇宫也非常吻合。宫里的人都想一直听假夜莺的歌声，它能一刻不停地将同一首曲子唱上几十遍乃至上百遍。快乐的生活不知不觉中过了半个多月，皇上终于记起了那只真夜莺来，想听听它唱别的很不相同的歌声了。可它已经离开了皇宫。在人们都宠爱这只人造鸟的时候，它飞出了金丝笼，飞回了只属于它自己的森林的怀抱。

皇帝对夜莺的离去非常生气，大臣们也都一致觉得这只鸟儿真是不识抬举，是只忘恩负义的坏鸟。

“幸运的是我们还有另外的一只鸟，它才是最好的啊。”大臣们在一旁安慰皇帝道。

假夜莺昼夜不停地唱了许多遍的曲子，但这支曲子的音调非常复杂，宫里的人仍然是记不住。乐师称赞它比真夜莺唱得还要动听十倍乃至上百倍，而且外表也漂亮，其内在的组成也是真夜莺无法相比的。乐师还说：“亲爱的陛下，在场的各位大人，真夜莺是靠不住的，它毫无章法地唱出人们根本就不可能明白的歌声，可假夜莺就不同了，它只能根据事先安排好的程序唱一首始终如一的曲子。要是我们愿意，还能把它拆开，弄清楚它的内部结构，弄明白它的声音是如何发出来的，如何衔接的，这才是我们真正属于我们中国的夜莺啊。”乐师的观点很快就得到了大家的认同。因此，皇上决定下周日的上午在皇宫外公开展览这只人造的美丽的鸟，让全城的老百姓也开开眼界，以显示皇帝恩泽天下的仁慈。好奇的人们都来看这只人造的鸟了，他们听得非常的开心，不停地称赞这只鸟唱得是多么多么的好，快乐的心情就仿佛喝了上等好茶久久不会离去——因为中国人都有品茶的爱好。可是，听过真夜莺歌声的渔夫却说：“这只人造鸟唱得尽管挺不错的，但总觉得少了些什么……”

皇帝下令将真夜莺赶出了中国。

人造夜莺占据了皇帝床边左面的极为重要的位置，因为皇帝觉得人的心脏是在左边的，左边位置自然要比右面高贵许多。它已被授予“皇家首席夜间歌唱家”的无上尊贵的封号了。乐师还为人造鸟编写了一部长书，足足有二十五卷之多，实在是学问渊博啊！宫里的大臣无一例外地都读过这部书，尽管弄不清楚书中的一些具体的内容，可都非常赞同里面的论述是多么多么的精到。因为毕竟他们担心自己被认为愚蠢而遭受惩罚。

人造鸟来中国已经足足有一年了。皇帝、大臣们还有宫里的侍仆、普通的老百姓都记住了它唱的每一个曲调。人们和人造鸟一齐吱——吱——啦——啦地唱，场面非常快活热闹，人们就更喜欢这只假夜莺了。

在一个美好的夜晚，皇帝躺在龙床上聆听人造鸟的歌唱，适逢其唱到音调高亢的节骨眼上，刹那间不知怎么回事假夜莺却变了声调，肚子里发出丝丝的声音，随后“嘭”的一声，仿佛有什么东西断了，歌声也同时停下来了。皇帝立刻跳下了龙床，命侍仆赶紧召来御医，可给人看病的医生对这只机械鸟也是束手无策，根本就摸不着一点头脑。因此，大臣又请来了一位修钟表的师傅，费了好大力气，终于将鸟肚子里断了的部位连接了起来，可钟表匠坦诚地说，鸟肚子里的齿轮由于用的时间太长了，已经完全磨坏了，再配一个新的齿轮而且还要能够唱歌，是一件很难办到的事情。这只鸟如今一年就只能唱一次歌了，并且每次都不能把一只非常完整的歌唱完。可乐师为了讨好皇上，用了很多晦涩的字眼赞美这只并不能完全履行自己职能的人造鸟和过去一样好。

五年过去了，中国发生了一件令人悲哀的事情。受人尊敬的皇帝一天突然生病了，而且病得非常严重，据说活不了多久了。新的皇帝已经被任命好了。城里的老百姓都跑到皇宫外面很焦急地询问着老皇帝的病情。大臣们摇摇头，只是在那儿一言不发地傻呆着。

皇帝他老人家现在已经面色苍白，全身冰冷，直挺挺地躺在他那张华丽的龙床上。走廊被大臣们铺上了地毯，这样人们走动起来就不会再发出一点声音了，周围非常的寂静，人们都好像感觉到皇帝已经死了，便忙着去讨好就要上任的新皇帝。只有人造鸟依然陪在他身边。月光透过窗户照在他的身上。可怜的皇帝胸口感到憋闷得非常难受，简直无法呼吸了。他慢慢地睁开疲倦的双眼，看到可怕的死神手持他的王冠和宝剑坐在他的胸口上。大床上面四周挂着的天鹅绒帷幔的褶皱里伸出好多头来，有的清新可爱，有的面目却非常狰狞可怕，这分别代表他过去做过的好事和许多的坏事。这些稀奇古怪的各种各样的脑袋向他问出无数的问题：“你记得这件事吗？你记得那件事吗？”……吓得他全身冷汗直流。

“不，我不清楚啊！那件事不是我做的！你们去问别人吧。”皇帝大声喊了起来，但声音却是那么的微弱。“快让音乐响起来吧！快打锣、快敲鼓！我讨厌听到他们的声音。人造鸟唱吧，我曾经给过你那么高的荣誉，将我的金拖鞋挂在你的脖子上，还给了你那么多价值连城的宝石，眼下你快唱吧！快唱吧！”可人造鸟却一直待在那儿没有开口，因为皇帝身边已经空无一个人了，没人给人造鸟上发条，它自然不可能歌唱了啊。死神依然冷冷地盯着这位处于极度恐惧中的老皇帝，周围一片死寂，静得非常可怕。忽然，从窗外传来了一阵清脆的鸟鸣声，过去曾为皇上唱歌的那只真夜莺停在了窗外的大树上。它知道皇上他老人家这次真的是病了，需要自己的歌声让皇上减轻病痛，以给他带来新的希望。夜莺舒展喉咙深情地唱了起来。听着，听着，皇上觉得全身的血液似乎又一次流动了起来，四肢感觉温暖了许多，周围的幽灵也不知道在什么时候消失了，生命又开始充满了活力。死神听得如痴如醉，情愿交出王冠和宝剑让夜莺继续唱下去了。夜莺继续歌唱，它歌唱墓地、歌唱象征哀思的白玫瑰、歌唱即将死去人的悲伤和依恋……死神回忆起了自己的花园，化作一股阴冷的白雾，从窗口慢慢地飘走了。

“神圣的小鸟，我真诚地谢谢你啊！你才是对我最忠诚的啊。”皇上说，“是我下令将你逐出中国的，而如今却是你感化了死神，让他从我身边最后离去的。你挽救了我的生命，我该怎样奖赏你呢？”

“皇上您早已奖赏过我了啊。在我第一次为您歌唱时，我看到了您双眼中的泪珠，您的泪仿佛宝石一样的珍贵，那是给予歌者最高的奖赏啊。”夜莺同样也很动情地说，“现在请您闭上眼睛好好地休息吧，我再给您演唱一曲吧。”

皇帝在夜莺的歌声中昏昏地睡着了。等到他醒来时，房间里洒满了璀璨的阳光，他觉得浑身畅快、神清气爽，身上的病好像也好了一大半。房间里一个侍仆也没有，他们都认为皇帝已经死了，只有夜莺陪伴着他，仍然在为他而歌唱。

“请你永远留在我的身边吧，只要你还能继续唱歌，我会将那只人造鸟撕成无数的碎片。”皇上说。

“尊敬的皇帝陛下，请您一定不要这样做。人造鸟也已经尽了自己的全力了，它从前给您带来这么多的快乐，请将它留下来吧。我已经过不惯宫里的生活了，绿色森林才是我真正的家。请允许我在黄昏时候，依靠在窗外的那些树枝上为您再去歌唱。我将会去歌唱我们的幸福，歌唱我们的光明，歌唱老百姓的那些苦难，歌唱您所不知道的一切阴谋。现在我要离开了，去到那个穷苦渔夫的身边，去到平常百姓的简陋居所，去到离皇宫很远很远的地方。比起您的王冠和宫殿，我更喜欢您仁慈善良的心。我将永远为您去一直唱下去，但请您答应我一件事啊。”

皇上也已穿好了龙袍，戴好了自己的王冠，手中拿着那把宝剑。“请快说吧，无论什么事我都能答应你的。”皇上很恳切地说。

“我希望您别让其他人知道有一只会将所有事都讲给您听的小鸟。因为只有通过这样，一切才会变得更好起来。”

夜莺飞走了。

太阳也慢慢升了起来，宫里的侍仆来到皇帝的卧室看他们已经死去的主人。

只见皇帝依然还是站在那明媚的阳光下，耀武扬威，精神抖擞，一如往昔。

# 神奇的打火匣

在路上，一个退伍士兵正背着背包、挎着军刀，嘴里喊着“一二一，一二一！”大步向前，他参加了数次战斗，如今终于要回家了。迎面走来一个面容丑陋相貌可憎的老巫婆，她上嘴唇翻卷，下嘴唇耷拉着，一直垂到她的胸前，对士兵大叫说：“哦，年轻人，你的军刀真漂亮，背包真大，看来你应该是个军人。你有立刻成为一名百万富翁的梦想吗？我能帮你实现它。”

“要是果真能办到，那我先谢谢你了，老婆婆！”士兵说。

老巫婆指向她旁边的一棵大树说：“这棵树的里面是空的，你要先爬到树顶上，接着你会看到一个洞口，然后从洞口钻进去，就会到树身里了，我在你的腰间系一根绳子，这样你喊我的时候，我就会把你拽出来。”

“可是，我去那里做什么呢？”士兵疑惑不解地问。

“那里藏着很多很多的钱呀！”老巫婆说，“进去之后，你会发现一条又宽又长的走廊，点着一百多盏灯，明亮无比。走廊里有三个门，每个锁上都插着钥匙，而且可以打开。当你走进第一个房间时，会看到屋子中间放着一个大木箱，一条狗蹲坐在上面，它的眼睛瞪得如同水杯一般大小，你别害怕，拿出我送给你的蓝围裙，把它铺在地上，接着把狗放在蓝围裙上，它就不会咬你了，同时，打开箱子你定会看到数不清的铜币，你需要多少就尽管拿多少。第二个房间的箱子里放的是银币，箱子上同样也蹲坐着一条狗，长着如脸盆一般大小的眼睛，和上次一样仍然把它放在蓝围裙上面，接着你就可随心所愿的去拿银币了。第三个房间的箱子里放的是金币，上面依然如故，也蹲坐着一条狗，眼睛瞪得好似水车的轮子一样大小，同样把它放在我的蓝围裙上，只要你照着我说的去做了，它是绝对不会伤害到你的，你想要多少金币就尽管使劲儿拿吧！”

“那实在是太令人向往了啊！你这样帮我，我该如何报答你呢？”士兵说。

“对于你这样一个既勇敢又聪明的士兵，我只需你顺便帮我把那个破烂不堪的打火匣带出来就行了，因为那是我的祖母很久很久以前丢在下面的。”老巫婆说。

“当然没问题，我答应你的请求，拿绳子来吧！”士兵说。

老巫婆将长绳系在士兵腰上，把蓝围裙也交给了他。不一会儿士兵就爬到了树顶，很顺利地进到了那个洞里去了。接下来他走到了巫婆说的那条长廊。

士兵没有多想咔吧一声打开了第一个房间的大门，果然看见一只狗蹲坐在木箱子上，两只眼睛有茶杯大小，直勾勾地盯着他。士兵不慌不忙地将蓝围裙铺在地上，把狗抱到了上面，拿了无数的铜币，把背包装得满满的。他把箱子锁好，将狗按原样又放到了上面。走进第二个房间，木箱子上仍然蹲坐着一条狗，眼睛瞪得有脸盆一般大小。“嗨，小狗不要总对我那么凶，眼睛瞪坏了我可不赔哦！”士兵说着便和以前一样把狗抱到蓝围裙上。打开箱子，满眼都是亮晶晶的银币，他毫不犹豫地倒掉背的一包铜币，装了足足一包的银币走了。当士兵打开第三个房间时，把他吓了一大跳，这条狗的眼睛足有水车的轮子一般大小，露出凶光盯视着他。

“你好啊！亲爱的”士兵向狗敬了个标准的军礼。狗还是蹲坐在那里，一动不动，好像没听见似的，士兵也不敢冒冒失失地行动。过了好一阵子，狗还是不理睬他，士兵终于耐不住性子了，想时候差不多了，他走上前去，小心翼翼地就像抱起一件昂贵的瓷器一样把狗抱起来，把它放在蓝围裙上。

士兵急不可待地打开箱子，“哇噻，这么多金币啊！我发财啦！”同时两眼烁烁放光地念叨着：“我终于可以用这些钱买下卖糕饼的女人的所有糖猪和糖牛了①，买下整个哥本哈根也不在话下，甚至把全世界所有的

---

① 卖糕饼女人是旧时丹麦卖零食和玩具的一种小贩。“糖猪”是糖做的小猪，既可以当玩具，又可以吃掉。

锡兵、木马我统统都要买下来。钱可真是个好东西啊！”于是，他把肩上背的银币一点不剩地全部倒了出来，装了满满一背包金币，接着还贪婪地把自己衣服上的口袋里，脚上的靴子里，头上的帽子里也都塞满了金币，实在太重了，他一步也挪不动了。我已经是一个大富豪了啊！看谁还瞧不起我！他越想越激动。他把狗按原样还是放到了箱子上，把第三个房间的门也锁好，然后一步一步的，好不容易才把自己笨重的身体挪到了树洞口，对着老巫婆大喊：“快拉我上去啊，老婆婆！”

“打火匣找到了吗？”老巫婆问道：

“噢，不好意思，一不小心我忘记了啊！我马上回去拿！”士兵回到里面找到了打火匣。

老巫婆好不容易才把笨得像狗熊一样的士兵拉上来，瞧，他站在大路上，全身上下装满了金币，老巫婆向他要打火匣。

“你要这个破东西干什么呀？”士兵问。

“这不关你的事儿，你已经如此富有了，把打火匣还给我吧。”老巫婆说。

“快跟我说实话！你要那个打火匣有什么用？否则，我就用刀把你的头割下来。”士兵说。

“那办不到，我死也不会告诉你的！”老巫婆坚定地说。

士兵二话不说恶狠狠地一刀下去砍掉了老巫婆的头，随后拿出蓝围裙，将身上所有的金币都包到了围裙里，打了个结背在肩上，接着将那个打火匣放在了自己衣服的口袋里，哼着小曲，径直向城里扬长而去。

这是一个很美的城市，士兵左挑右选在一家最好的旅馆里住下了，要了一桌价格不菲的饭菜，因为他现在已经是有身份的人了，一个大富豪了，钱多得下辈子都花不完。旅馆里的茶房感觉他这个人怪怪的，这般有钱却又偏偏穿着一身旧军装，尤其脚上那双皮靴，已经破得包不住脚了。

第二天上午，士兵走进了一家高档的时装店，给自己买了一套面料考究的礼服和一款最流行的漆皮鞋，现在这个土里土气的士兵已经变成一个绅士了。他怡然自得地坐在咖啡馆里跟人聊着天，从和不同人的交谈中他了解到了这个城市的许多事情，知道了这个城市的国王有一个长得国色天香的美貌女儿。

“怎么才能见到她呢？”士兵问道。

“不知道呀！因为她住在一个高大宏伟的宫殿里，那里戒备森严，四周高墙林立，而且高墙上布满着岗哨，只有国王自己才能自由出入。过去曾有人预言过，美丽、高雅、尊贵的公主将来会嫁给一个只会打仗的军人，这个预言对国王而言，实在是太可怕了。”人们说。

“我倒十分想见见这位美貌无比的公主。”士兵心里盘算着。

这个士兵现在生活得相当舒服阔绰，戏院里他常是座上客，皇家花园的林荫道上也经常会看到他散步的身影，相当多穷苦的人都得到了他的救济，而且无一例外地都纷纷成了他的朋友，他们都认为他是一个有社会正义感的侠义之士。这些赞美之词使他心里很是舒坦，美得很。但斗转星移，好景不长，有一天他又变成了一个穷光蛋，原因也很简单，他每天都要不停地花钱，却从来没有想过生财之道那回事儿。可想而知，他不得不从那家豪华的宾馆搬到一个价格更加低廉的宾馆阁楼的房间里。如果想上去，不得不爬很高很高的梯子才行。由于钱财散尽，他不得不自己擦皮鞋了，而过去那群寸步不离地围在他身边的那帮朋友们现在一个也看不到了。

一日夜里，他想点根蜡烛把房间照得亮一些，却发现蜡烛已经用完了，去买吧，又没钱，他在黑暗中愣愣地坐着，突然想起打火匣里有一根蜡烛头。他取出打火匣里的蜡烛头，接着用打火匣在石头上一擦，“嘭”的一声，火星一闪，在他眼前出现了一道金光闪闪的门，门是敞开着的，那个眼睛好似茶杯大小般的小狗站到了他面前。

“请问您有什么吩咐，我的主人。”小狗说。

“咦，这是怎么回事？这个打火匣原来是个宝物啊。”士兵惊讶地说，“我就是想要很多很多的钱，去给我弄一堆铜币来。”他试探着对小狗说。

小狗“嗖”的一下消失了，但没多久又出现在他面前，嘴里叼着个装满了铜钱的袋子。

士兵又连续将打火匣擦了两下，来的是第二个房间里的小狗，它叼来了满满一袋银币，士兵又将打火匣擦了三下，这次来的是第三个房间里的小狗，叼来的又是一袋满满的金币。

士兵又过上了和以前一样富豪般的生活，他过去交的那些“朋友”

又回到了他身边，屁颠儿屁颠儿地一步不离地跟着他、讨好他。时间长了，士兵自己觉得应该找些新鲜刺激的东西改变一下这索然无味的生活。于是，他又萌生了想去见公主的念头。他想："大家都说公主长得美若天仙，但公主一个人深居宫中，长得再漂亮又有什么用呢？我要让我的狗帮我见公主一眼才是。"

于是，他掏出打火匣，在火石上一擦，"嘭"的一声，第一个房间里的小狗又出现在他面前。"你帮助我，我很想见见王宫中的公主啊！你能办好这件事情吗？"士兵对小狗说：

"好吧，主人。"小狗说完就又消失了。过了十几分钟，它背着公主回来了。公主穿着漂亮的睡衣，躺在小狗的背上，她面带微笑，看起来睡得很是香甜。平常人只要看上一眼，都会晓得这是一位与众不同的公主，因为她像仙女般婀娜多姿。士兵抑制不住内心对她的爱慕之情，轻轻吻了一下她的额头。他身为一名军人，所以才会有如此大胆的举动。

天亮之前，小狗将公主送回了王宫。公主早上醒来，发觉自己晚上做了一个非常奇怪的梦，于是在吃早饭时，将这个奇怪的梦讲给了自己的父王和母后，她说："昨晚梦见了一条小狗，背着自己，还有一个士兵吻了一下她的前额。"

"这个梦倒挺有趣的。"母后说。

国王觉得这个梦简直令人匪夷所思，但似乎又与那个以前的预言有点相像。第二天晚上，便派了一名老侍女守候在公主床边，并叮嘱她要仔细看护，如果晚上睡着了要狠狠地处罚她。

这天晚上，士兵抑制不住对公主的思念，又吩咐小狗去把公主背来。小狗来到王宫，背上熟睡的公主就跑。守候在床边假寐的老侍女连忙穿上鞋子，紧紧地跟在小狗后面，老侍女发现小狗背着公主跑进一幢大房子里，她也很聪明，拿出准备好的白色粉笔在那幢大房子的门上画了一个大大的十字标记，心想这样就可以向国王交差了，接着她就回去睡觉了。天快亮的时候，小狗把公主送了回来。小狗发现了大门上画的十字标记，小狗也很聪明，找来一根白色粉笔，将这座城市里每个房子的大门上都画了一个十字。因为只有这样，老侍女才不会找到它的主人。

第二天早晨，老侍女把昨天晚上发生的事情一五一十地向国王说了一遍，国王派了一群卫兵去追查公主昨晚去过的地方，王后也一同前往。

“就是这里！”国王看到第一个画有十字标志的大门就下令进去搜查证据。

“哦，亲爱的陛下，是在那儿！”王后指着另一幢房子说。

“咦，这儿有十字，那儿也有！……”卫兵们不停地大叫道。人们这才发现，每一个门上都有十字标记，怎么找呀？不会有什么结果的！

王后是一个非常有心计的女人，她并非是一个只会坐着马车到处游玩和坐在戏院中听听戏的寻常之辈。她找出来一块金绸子，用剪刀裁成了几片，不久就做成了一个精致的口袋，并往里面装了许多淡黄色的荞麦粉。她将这个小袋子系在了公主的腰间，再用锥子扎了一个小孔，这样不论公主晚上去哪里在路上都会撒下细细的荞麦粉。

这天深夜，小狗又将公主背到了士兵家里。士兵早已深深地爱上了她，他幻想有一天自己变成一位英俊的王子与貌美的公主结为夫妻。

王后的法子奏效了，面粉从王宫一直撒到了士兵住的那间房子的窗台上，因为小狗背着公主是从窗户进来的，这次小狗也疏忽了。随后，这个“如痴如醉”的士兵被国王逮了起来。

“明天上午你就能见到上帝了！”监狱中的卫兵对士兵说，监狱里不但阴暗，还很沉闷，士兵呆呆地坐在那里十分懊悔没有把打火匣带来。第二天一大早，他站在监狱的窗前，手握着铁栅栏向外四处张望，看到人山人海的人们，不断地涌到城外去，由于刑场在城外，人们都纷纷赶往那里想看看士兵是如何被绞死的。人们向城外的刑场涌去，其中有一个修鞋匠被挤到了监狱的外墙上，鞋子也踩掉了。士兵对他大喊：“喂，修鞋的小师傅，请你帮我一个忙好吗！要是你在牧师来到这儿之前，跑到我住的宾馆将我的打火匣拿给我，我就给你四块金币，你愿意吗？”

小师傅非常想得到那四块金币，便答应帮忙，跑回去拿东西去了，不多久就把打火匣拿来了，亲手交给了士兵。后面的情景你们大概也可以想象得到了吧！好戏开场了。

城外的刑场上，有一个高大的绞刑架，上面已装好了处决犯人的绳套。国王、王后以及审理此案的法官坐在审判席前，刑场的周围站满了保护刑场的卫兵，老百姓们都被围在了卫兵们的后面。

士兵被押了上来，他站在绞刑架前，刽子手们把“可怜”的士兵的头塞进了绳套里，只待一声令下就要行刑了。就在这时，士兵大声地叫道：“每一个临死的犯人，在临死前都应该满足他的一个要求或者愿望。请允许我抽口烟吧！这是我最后一次抽烟了！”

国王答应了士兵的最后请求。随后士兵拿出了打火匣，接连擦了三次，伴随火星的闪动，三只大狗刹那间出现在士兵面前。一只狗的眼睛像茶杯一样大小，一只狗的眼睛像脸盆一样大小，最后那只狗眼睛瞪得像火车的轮子一般。

“赶快救救我呀！”士兵对它们说。

三只大狗一同向审判席扑过去，咬下法官的鼻子，咬掉陪审员的腿，将他们叼起来甩向天空，足有好几丈远，他们无一幸免，都被摔死了。国王与王后也不能逃过此劫，同样也受到了大狗的袭击，大狗毫不留情地将国王和王后重重地扔在地上。保卫的卫兵们都被吓坏了，浑身抖个不停。以前受到士兵救济的百姓们都大喊起来：“英明、善良、能干的士兵啊，请你做我们的国王吧！只有你才是倾国倾城的公主最合适的丈夫呀！”

士兵喝住了三只大狗，饶了国王和王后一命。他的善良博得了众人雷鸣般的掌声。百姓们将士兵抬进了国王的四轮大马车里，三只大狗像忠实的卫兵一样紧紧地跟在四轮大马车旁边，醒过神儿的卫兵们也跟在后面保护他们的“新国王”，此刻的士兵威风神气极了。深居王宫的美貌公主被勇敢、机智、善良的士兵的举动征服了，答应了士兵向她的求婚。盛大而隆重的婚礼足足进行了八天，三只狗作为功臣、贵宾也坐在桌旁，它们的眼睛比以前瞪得更大，目光也更加敏锐了。